W0399772

Red Tears

Ouvrage initialement publié en Italie
par Fabbri Editori, un département du groupe Mondadori,
sous le titre : *Red Tears*

© 2022 Mondadori Libri S.p.A., Milano
Illustration de couverture : Mondadori Libri S.p.A., Milano
© 2024, Bayard Éditions pour la présente édition
18 rue Barbès, 92128 Montrouge Cedex
ISBN : 979-1-0363-6147-0
Dépôt légal : juin 2024

Loi n° 49-956 du 16 juillet 1949 sur les publications destinées à la jeunesse.
Tous droits réservés. Reproduction, même partielle, interdite.

ELEONORA GAGGERO

RED TEARS

Traduit de l'italien
par Emeline Plessier

bayard

Prologue

Je m'appelle Jules Quentin et ceci est l'histoire de ma mort.

J'ai longtemps débattu avec moi-même, en essayant de comprendre si raconter mon expérience était une bonne idée ou non. Mais je sens mes forces abandonner mon corps petit à petit et ce pourrait être la dernière chose que je fais.

Le but de ce récit n'est pas de vous convaincre que ce que je vais écrire est vrai, car j'espère encore par moments qu'il ne s'agit que d'un cauchemar.

Mais si une autre personne devait vivre ce qui m'est arrivé, grâce à ces pages, elle ne répétera pas les erreurs qui m'ont été fatales.

J'ai toujours été sceptique face à l'existence du surnaturel mais, parfois, l'être humain doit se rendre compte qu'il n'a pas toujours raison et que certaines choses sont simplement plus grandes que lui.

Vous vous demanderez comment il est possible que je sois là, à écrire si… Eh bien, si je suis morte. J'y viendrai, ne vous inquiétez pas. Tout aura une réponse.

Maintenant, trêve de bavardages, je vous laisse à mon histoire.

L'histoire de ma mort.

1

La rose noire

Je n'avais jamais assisté à des obsèques.

Ce n'était pas vraiment une expérience que je pensais vivre avant mes vingt ans. Je m'étais pourtant souvent demandé ce qu'on ressentait devant le cercueil en bois d'une personne qu'on a aimée, touchée, sentie.

Chaque fois que j'imaginais mon corps qui se décomposait lentement, grignoté par les vers, je faisais une grimace de dégout et je décidais de ne plus y penser.

La voix du prêtre devint plus intense. Debout entre ma mère et mon père, je fixai le cercueil de bois blanc où gisait Luke. Mon petit frère venait de fêter ses onze ans quand un salaud de la fac, au volant d'une voiture neuve achetée par son riche paternel, avait projeté Luke contre l'asphalte à quelques pâtés de maisons de chez nous.

« Il n'a pas souffert » m'avaient répété mes parents, sans doute plus pour eux que pour moi.

Mais comment aurait-il pu ne pas souffrir ?

J'avais presque tout oublié de cette journée (le stress post-traumatique, avait dit la psychologue), sauf le moment où Luke avait abandonné ma main pour courir de l'autre côté de la rue.

Par automatisme, j'ajustai le col de mon trench noir. Les parents de ce sale fumier étaient présents aux funérailles. Ils étaient arrivés dans leur Bentley bleue et se tenaient à part, transis de honte. À leur vue, je repensais à Thomas – ou était-ce Tobias ? –, à son expression bouleversée tandis que la police l'embarquait au poste, menotté. Peu m'importait qu'il ait été soûl ou défoncé.

River Lake était connue exclusivement pour son lac, le plus grand de la région. Bien que la ville compte une population d'environ cinquante mille personnes et qu'il n'y ait que deux lycées, je n'avais jamais vu ce Thomas. Pourtant, cela ne l'avait pas empêché de détruire ma vie en une fraction de seconde…

Plus j'essayais de me concentrer sur les mots du prêtre, plus mon esprit s'envolait ailleurs. Me revint en tête une poésie que j'avais étudiée quand j'étais encore au lycée :

Si nous n'avions pas de fin
Tout changerait
Mais nous sommes éphémères et presque tout
Reste comme il est.

Après l'homélie, des dizaines de personnes vinrent me serrer la main en me présentant leurs condoléances. Mais je ne percevais qu'une seule voix : celle de Luke. Comme si rien ne s'était passé.

Je repensai à un soir d'il y a quelques semaines, alors que Luke se dandinait dans ma chambre.

– Qu'est-ce qu'il y a, Luke ? Je révise.

– Tu peux vérifier qu'il n'y a rien sous mon lit, s'il te plait ?

– D'accord, mais après je retourne à mes devoirs.

– Tu travailles tout le temps !

– Tu verras quand tu auras mon âge.

– Alors je ne veux pas vieillir. Maintenant, tu peux venir regarder s'il y a un monstre ?

– Le seul petit monstre que je vois ici, c'est toi. Allez, bonne nuit.

– Bonne nuit, Jules.

À bien y réfléchir, peut-être que ce jour-là, un monstre était vraiment caché sous son lit.

Une fois la cérémonie terminée, je m'installai silencieusement derrière le volant. J'étais la seule en état de conduire. Alors que j'allais allumer le moteur, une silhouette attira mon attention. Un homme, entièrement vêtu de noir, me tournait le dos. Je n'avais pas l'impression de l'avoir vu à l'enterrement. J'avais pourtant scruté chaque invité, en cherchant ma meilleure amie Hannah. Mais elle n'était pas venue.

– Jules, tu fais quoi ? Démarre, allez.

Le temps de mettre le contact, l'homme avait disparu, comme s'il n'avait jamais existé. En passant la première, alors que je manœuvrais pour sortir du parking, je remarquai un détail du coin de l'œil : l'inconnu avait laissé une rose sur la tombe de mon frère. Une rose noire.

Un mois plus tard

Tandis que je dessinais, un petit coup sur la porte m'interrompit.

– Mmh, grognai-je.

– Jules ? Tu es là ?

– Oui, maman. Où voudrais-tu que je sois ?

Ma mère, Katherine Quentin, entrouvrit la porte. Elle n'était plus que l'ombre de la femme forte et charismatique qu'elle avait été. Ses cernes la vieillissaient d'au moins dix ans et ses cheveux avaient blanchi en quelques semaines.

Elle essuya ses larmes et esquissa un sourire triste.

– Je ne t'ai pas encore demandé comment tu vas depuis...

Dans ses yeux, de nouvelles larmes brillèrent.

– Depuis qu'a eu lieu... Tu sais. J'ai parlé au vice-président de l'université. Il nous a transmis ses condoléances et a dit que tu pouvais prendre le temps dont tu as besoin.

– C'est gentil, maman, mais je ne vais pas rester très longtemps. Je dois arroser mes plantes et j'ai tout laissé en désordre.

L'université était à plusieurs dizaines de kilomètres de River Lake, j'avais donc dû louer un studio près du campus. Sincèrement, je me fichais bien des plantes ou de mon stupide appartement, mais rester dans cette maison pleine de souvenirs m'était insupportable. Non seulement je faisais régulièrement des cauchemars à propos de Luke, mais la nuit, je me réveillais en sueur en entendant des pas dans le couloir. Si je ne rentrais pas chez moi rapidement, je deviendrais probablement folle.

– Bien sûr, évidemment, je m'en doutais, répondit-elle avec un air résigné. Bon, j'y vais. Tu manges quelque chose, d'accord ? Il y a un peu de bolognaise au frigo.

J'acquiesçai machinalement et me remis à dessiner. Ma mère poussa un soupir avant de refermer la porte derrière elle. Une larme mouilla la feuille de papier, où une main féminine serrait celle, plus petite, d'un enfant. Je déchirai le dessin et le jetai par terre.

Je voulais dormir… Seulement dormir. En espérant que, cette fois, les cauchemars me laisseraient en paix.

2

Mystérieux inconnu

Six mois plus tard

À mon habitude, je tressai mes longs cheveux blonds dès le réveil. Gabriel, assis sur le lit, tentait par tous les moyens d'attirer mon attention.

– Je t'ai préparé le petit-déjeuner, Yeux Bleus.

– On n'est pas dans une comédie romantique, Gabriel. Appelle-moi Jules et c'est tout, s'il te plait.

– Tu es toujours aussi grognon le matin ?

– Si tu savais comment je suis l'après-midi…

Il se mit à rire, pensant qu'il s'agissait d'une blague, et se dirigea vers la cuisine. Son tee-shirt lui collait à la peau, encore humide, et ses boucles rousses étaient aplaties sur sa tête : avait-il pris une douche pendant que je dormais ?

Gabriel me draguait depuis des mois en cours de littérature. La veille, nous nous étions retrouvés au bar et… Je ne savais même pas comment nous étions arrivés chez moi, à part quelques flashs de nous deux dans l'ascenseur. Et moi qui riais. C'était une situation tellement rare que je ne pouvais pas l'oublier.

– Gabriel ? Il s'est passé quelque chose entre nous, hier soir ?

Ses boucles rousses apparurent sur le seuil de la porte.

– Bien sûr que non. Tu t'es endormie sur le canapé et je t'ai portée dans ton lit. Je serais bien rentré chez moi, mais il n'y avait pas de Uber.

J'aurais voulu le remercier, pourtant ce furent d'autres mots qui sortirent de ma bouche :

– Qui t'a donné la permission de prendre ta douche chez moi ?

Pour toute réponse, il disparut à nouveau dans la cuisine.

J'enlevai mes vêtements froissés de la veille, enfilai un jogging bordeaux et le rejoignis. Gabriel était en train de retourner l'omelette dans la poêle. L'odeur me rappelait les innombrables matinées où ma mère préparait des pancakes. Luke me hurlait de me dépêcher pour ne pas arriver en retard à l'école. En sœur ainée qui se respecte, je descendais les escaliers encore plus lentement, juste pour le rendre fou. Qui sait s'il savait vraiment à quel point je l'aimais.

Je m'assis à table devant un somptueux petit-déjeuner.

– Tout ça pour moi ?

Gabriel me fit un clin d'œil.

– Pour toi, je suis prêt à ça et plus encore, Yeux Bleus.

Je retins un rire à grand-peine.

– Dis encore une fois Yeux Bleus et tu es mort.

– Tu fais quelque chose, aujourd'hui ?

– Oui.

– Quoi ?

– Des choses.

– Si ça te dit, on peut aller au cinéma, on ira voir le film génial dont je te parlais hier !

J'éclatai de rire en buvant mon jus d'orange, manquant de m'étouffer.

– Tout va bien, Jules ?

– Désolée, c'est juste que j'étais tellement soûle hier soir… Je ne me souviens pas de notre discussion.

– Ah, d'accord. Tu avais l'air vraiment intéressée par ce film sur les zombies. On en a parlé pendant au moins une heure.

– J'imagine… Mais j'ai des choses à faire.

Gabriel me regarda, dérouté.

– Et le petit-déjeuner… ?

– Fais-toi plaisir. Je dois prendre une douche.

Après avoir refermé la porte de la salle de bains, une vague de tristesse me contraignit à m'assoir sur le carrelage froid. C'était comme si j'avais un poids sur le cœur dont je n'arrivais pas à me débarrasser. Il y avait en moi mille voix qui se pressaient pour sortir, qui voulaient crier au monde que j'allais mal. Depuis que Luke avait disparu, plus rien n'avait de sens.

Le soleil continuait de se lever tous les matins, les klaxons de retentir hystériquement et les professeurs d'ennuyer les élèves distraits qui riaient en répondant à des messages sur leur téléphone. La Terre continuait de tourner à l'identique et les journées des autres se poursuivaient comme si Luke n'avait jamais existé.

Avant l'accident, j'avais des centaines de projets : après l'université, je voulais m'installer à Londres pour ouvrir ma librairie, en rêvant qu'une Julia Roberts au masculin entre pour me déclarer son amour éternel. Désormais, j'avais juste envie de rester pelotonnée sous la couette, pour lire ou simplement attendre que le temps passe. Même dessiner ne m'apportait plus de plaisir. Si ma mère m'avait vue, elle m'aurait immédiatement obligée à retourner chez la psychologue. Mais elle était à des dizaines de kilomètres.

J'entendis doucement frapper à la porte. Gabriel attendait probablement devant depuis quelques minutes, se demandant quoi faire.

– Jules, j'ai nettoyé la cuisine et... Eh bien, je rentre chez moi. Si tu as besoin de quoi que ce soit, appelle-moi.

Je ne répondis pas. J'attendis que la porte d'entrée claque, puis je me relevai pour me regarder dans le miroir : mon maquillage avait coulé et j'avais l'air d'un cadavre. Je n'avais pas mangé depuis la veille au matin, et l'alcool n'avait sûrement pas aidé.

– Je suis un désastre.

Mon reflet se limita à me fixer, me donnant son approbation tacite.

– Pendant le prochain cours, nous parlerons de la liturgie byzantine. Je vous invite à lire les pages 203 à 245 du livre, cela vous sera utile pour mieux comprendre la prochaine thématique. En attendant…

J'arrêtai d'écouter le professeur Hopkins. Il parlait si lentement que j'aurais eu besoin de dix boissons énergétiques pour rester éveillée jusqu'à la fin du cours. Pourtant, du fait de son style ancien et académique, tout le monde lui témoignait un grand respect.

Je cherchai dans la salle la tête rousse de Gabriel sans le repérer. Je n'avais pas spécialement envie de le voir, mais je me sentais coupable d'avoir été aussi brusque avec lui.

Comme toujours, mon esprit commença à vagabonder et je dessinai sur mon cahier une petite Lune sur laquelle marchait un grand astronaute.

– L'univers est immense, et les hommes ne sont rien d'autre que de petits grains de sable sur une planète insignifiante. Mais plus on prend conscience de notre petitesse et de notre impuissance face aux forces cosmiques, plus ce que les êtres humains ont réalisé devient surprenant.

Cette fois, ce n'était pas le professeur Hopkins qui avait parlé. La voix provenait de la place vide à côté de moi, ou plutôt de la place qui était libre quand je m'étais assise.

C'était une voix profonde et douce. Le jeune homme conclut :

– C'est de Russell, mais j'imagine que tu le sais déjà.

– Oui…

J'avalai ma salive avec difficulté. J'hésitais à relever les yeux. Quelque chose dans cette voix me mettait incroyablement mal à l'aise, ce qui m'arrivait rarement.

– Kai, enchanté.

Finalement, je me tournai vers lui, et la première pensée qui me vint à l'esprit, quand j'observai le garçon à côté de moi, fut : « Mais qu'est-ce que c'est que cette tenue ? »

Il portait une chemise noire un peu déboutonnée, de façon à laisser entrevoir des dizaines de tatouages qui descendaient jusqu'à ses poignets. Seuls les premiers de la classe assis au premier rang portaient une chemise, et ce garçon-là avait l'air de tout sauf d'un intello.

Il était pâle et avait des pommettes bien définies ainsi qu'un petit grain de beauté sous l'œil gauche. Sa bouche n'était pas trop prononcée, la lèvre inférieure dépassait légèrement. Son nez était un peu disproportionné par rapport au reste de son visage, ce qui le rendait presque… hypnotique. Ses cheveux noirs étaient décoiffés et quelques mèches rebelles lui retombaient sur les joues. Ses yeux, entre l'azur et le vert clair, fixaient le professeur Hopkins.

Après l'avoir étudié attentivement, j'arrivai à la conclusion qu'il ne me plaisait pas. Il fallait tout de même que je me présente.

– Je suis Jules.

Les yeux de Kai se posèrent sur les miens, accompagnés d'un demi-sourire. Un frisson me parcourut le dos, mais ce n'était pas un frisson d'excitation, plutôt de peur. Qui était cet inconnu, qui n'avait même pas de cahier ou de stylo pour prendre des notes ?

Une seconde après, le professeur me sauva en annonçant la fin du cours, et je me dépêchai de rassembler mes livres et cahiers. La dernière chose que je voulais, c'était que ce type m'adresse à nouveau la parole.

Je me dirigeais vers la porte quand, derrière moi, j'entendis le cliquetis des bottes de cet étrange garçon.

Je pressai le pas vers la sortie et dès que je fus dans le couloir, je me rendis compte qu'il avait disparu. Pourtant, j'étais certaine qu'il était derrière moi quelques instants auparavant.

– Mais où…

– Tu parles souvent toute seule ?

Je me retournai d'un coup, convaincue d'avoir entendu la mystérieuse voix de Kai, mais il s'agissait seulement de Gabriel.

– On dit que les vrais fous sont ceux qui n'en ont pas l'air, commentai-je en allant vers la sortie. Je ne t'ai pas vu dans l'amphi.

– Pour dormir deux heures en cours avec Mort-vivant, mieux vaut rester chez soi.

– Écoute, Gabriel, pour ce matin, je…

– Eh, Yeux Bleus, ne t'inquiète pas.

Il m'adressa un sourire encourageant qui me réconforta. Quand j'étais sortie de la salle de bains et que j'avais trouvé les restes du petit-déjeuner qu'il m'avait préparé à la poubelle, je m'étais sentie horriblement mal.

Gabriel me parlait déjà d'autre chose. Sa bonne humeur était contagieuse et réussit presque à chasser mes idées noires, mais mon attention fut attirée par Hannah, appuyée contre une des colonnes du hall principal, qui discutait avec plusieurs filles. Nous échangeâmes un long regard, puis elle détourna les yeux.

Ses trois nouvelles amies, toutes plus petites qu'elle, serraient dans leurs bras des paquets de feuilles. En suivant leur regard, je compris qu'elles étaient en train de donner leur avis sur un groupe d'étudiants qui les scrutaient en retour. J'avais du mal à croire que j'étais comme elles avant la mort de Luke.

– Tu la connais ? me demanda Gabriel à voix basse, profitant de l'occasion pour réduire la distance entre nous.

– Tu as décidé de me suivre toute la journée ?

– J'ai compris, je m'en vais.

Même si ça me coutait de l'avouer, je trouvais Gabriel bien plus sympathique que je ne voulais l'admettre.

– Mais non, reste, lui dis-je. Je la connaissais. Nous venons de la même ville.

– Pourquoi tu parles au passé ?

– Hannah et moi étions meilleures amies, jusqu'à...

J'hésitai, cherchant mes mots, puis décidai de dire les choses comme elles étaient.

– Elle n'est pas venue aux funérailles. On m'a dit qu'elle n'était pas en ville ce jour-là, mais qui rate l'enterrement du frère de sa meilleure amie ?

Je n'avais jamais dit à Gabriel ce qui était arrivé à mon frère, mais son air impassible me laissa imaginer qu'il était déjà au courant.

– Tu ne lui as jamais demandé pourquoi elle n'était pas venue ? s'enquit-il.

– Non, je ne veux pas.

– Je suis désolé, Jules. Écoute, je vais au skate park avec les autres tout à l'heure, si tu veux nous rejoindre ou si tu veux parler, tu sais où me trouver !

Il me fit un signe de tête et je le regardai disparaitre au milieu des autres étudiants. Il était inutile de répondre : il savait très bien que je ne les rejoindrais pas, parce que je ne savais pas faire de skate et que fumer des joints en me cassant les os sur des rampes pentues n'était pas vraiment ma tasse de thé.

Avant de sortir du bâtiment, je m'arrêtai à côté de la porte vitrée et cherchai Hannah des yeux une dernière fois.

Dès qu'elle croisa mon regard, elle se replongea dans sa conversation. C'était incroyable qu'une amitié vieille de tant d'années puisse se terminer aussi brusquement. Les gens ne finissent jamais de nous étonner. Je pensais mériter au moins une explication, mais, visiblement, c'était trop demander.

Je me dirigeai vers le parking. Au loin, sous un chêne proche du garage à vélos, quelqu'un, à moitié caché par les branches, regardait dans ma direction. J'avançai vers ma voiture, suivant l'individu du coin de l'œil. Quand le vent fit bouger les branches, j'eus la soudaine impression que c'était moi qu'il observait.

Il portait un sweat noir avec une large capuche enfoncée sur la tête, et pourtant je n'arrivais pas à me débarrasser de la certitude qu'il me fixait. Le parking grouillait de monde, mais personne ne semblait s'être aperçu de cette présence inquiétante. C'était moi qui me faisais des idées, conclus-je finalement, en secouant la tête pour me libérer de cette désagréable sensation.

« C'est juste un type qui attend quelqu'un à la sortie de la fac, me dis-je, arrête d'être aussi stupide. »

Je pris mes clés de voiture dans mon sac. Je me retournai, il était encore là.

Clic.

La voiture s'ouvrit.

Lui avait disparu.

3

Confidences nocturnes

Un sentiment d'inquiétude que je n'arrivais pas à définir m'accompagna jusqu'à la maison. Je retenais ma respiration, comme si je marchais seule à trois heures du matin dans une rue malfamée, alors qu'il était trois heures de l'après-midi et que je n'avais aucune raison d'avoir peur.

Je passai le reste de la journée à rédiger une dissertation et à nettoyer mon appartement, sachant pertinemment qu'il serait dans un état lamentable dès le lendemain. Il était petit et modeste, mais quand je l'avais vu pour la première fois, après trois autres visites dont mes seuls souvenirs étaient de la moisissure sur les murs et des crottes de souris derrière les meubles, je l'avais adoré.

Après un diner fait de restes, et alors que j'allais m'endormir, mon téléphone vibra sur la table de nuit. C'était une vibration délicate, à tel point que je ne m'en apercevais même pas pendant la journée.

Dans le silence de la nuit, pourtant, ce son familier résonna violemment et me fit sursauter.

À regret, je sortis un bras de la chaleur rassurante de la couette et je tâtonnai pour attraper mon téléphone. L'écran était si lumineux que je dus cligner des yeux plusieurs fois avant de déchiffrer ce qui s'affichait : un numéro inconnu.

Normalement, vu l'heure, je l'aurais ignoré, mais pour une raison qui m'échappe encore, je répondis.

– Qui c'est ?

– C'est moi, je suis en bas de chez toi.

Gabriel. Je raccrochai, surprise, et écrasai mon visage à la fenêtre. En effet, même s'il m'avait appelée avec un numéro masqué, c'était bien lui. Il attendait bras ballants sur le trottoir, son visage éclairé par la lumière de son portable.

J'ouvris la fenêtre et m'emmitouflai dans mon pyjama pour échapper à une bourrasque glacée. Pour qu'il m'entende malgré le vent, je lui criai :

– Qu'est-ce que tu fais ici ? Tu as vu l'heure ?

Gabriel ne répondit pas et se dirigea vers la porte de l'immeuble.

– Tu fais quoi ? Il est tard !

Mes mots s'envolèrent, sans réponse. Je pensais qu'il allait sonner à l'interphone, mais je le vis disparaitre à l'intérieur ; quelqu'un avait dû oublier de fermer la porte d'entrée. Il montait déjà les escaliers.

Je l'attendis sur le seuil, une main sur le chambranle de la porte pour l'empêcher d'entrer. Il avait l'air différent, comme si la légèreté désinvolte qui le caractérisait avait disparu. Était-ce cela, l'effet de la nuit sur les gens ? Elle les rendait plus sombres et vulnérables ?

– Salut.

Il affichait un sourire de circonstance et sa voix avait l'hésitation du nouveau de la classe qui essaye de s'intégrer.

– Salut… Ça va ? Il s'est passé quelque chose ?

Gabriel tendait le cou pour essayer de voir derrière moi.

– Tu es avec quelqu'un ?

– Ce ne sont pas tes affaires. Tu as vu l'heure ?

Il baissa le regard et se gratta la tête, embarrassé.

– Désolé… Je peux entrer ? Mon coloc' s'est endormi bourré et il ne répond pas à l'interphone.

J'étais tellement fatiguée que je sentais mes paupières se fermer, mais je ne voulais pas passer pour un monstre. Du moins pas pour l'instant.

– OK, mais ne t'habitue pas à venir dormir ici.

Il entra d'un pas léger. Il portait un sweat tellement large qu'il lui arrivait aux genoux et un jean troué. Nous nous fixâmes un moment sans dire un mot, moi assise sur le lit et lui sur le tabouret de la cuisine. Son regard semblait perdu, presque triste. Finalement, je lui demandai :

– Tu es sûr que tout va bien ? Je sais que j'ai été odieuse avec toi, mais... Si tu as besoin de parler, je suis là.

Gabriel esquissa un sourire et haussa les épaules.

– Pas de mal. Parfois, je pense à mon père. Il peut avoir un sale caractère et ça fait un moment qu'on ne se parle plus.

– Je comprends, soupirai-je. Les parents devraient suivre un cours sur les relations avec leurs enfants avant de décider d'en avoir un. Allez, viens là.

J'ouvris grand les bras et Gabriel me regarda d'un œil torve.

– Eh bien ? Je t'offre un câlin, tu devrais en profiter, ça pourrait ne pas se reproduire.

Pendant un instant, j'eus l'impression qu'il n'allait pas bouger. Soudain, il sauta du tabouret et quand il me prit dans ses bras, je m'aperçus qu'il n'avait pas la même odeur que d'habitude.

– Tu sens bon, tu devrais mettre ce parfum plus souvent.

– Je le ferai alors, pour toi, me répondit-il sans trace d'ironie dans la voix. Ça te dérangerait de me donner un verre d'eau ?

– J'arrive tout de suite.

Je me levai du lit, heureuse de pouvoir enfin me servir des nouveaux verres que je n'avais pas encore eu l'occasion d'étrenner. En versant l'eau, je ressentis comme une décharge électrique. De surprise, je lâchai le verre qui se brisa en mille morceaux sur le sol.

– Jules, tu t'es fait mal ?

Gabriel s'était levé d'un bond et, sans que je m'en rende compte, il était déjà près de moi.

Je secouai la tête, les cheveux dans les yeux. Je savais que c'était une broutille, mais j'avais déjà commencé à pleurer. Pas pour le verre cassé, mais parce que j'étais épuisée. Trop de choses tournaient en continu dans ma tête et je n'arrivais pas à garder la cadence.

– Oui, ça va. Pardon, je ne voulais pas pleurer. Je vais nettoyer.

Sans réfléchir, je commençai à ramasser les plus grands débris dans le creux de ma main et me blessai. Gabriel remarqua la petite goutte de sang, mais au lieu de continuer à s'inquiéter et à insister pour me désinfecter ou me mettre un pansement, il laissa tomber. Étonnée, je fixai mon doigt quelques secondes avant de continuer mon nettoyage.

Après avoir fini, je lui servis de l'eau, cette fois dans un gobelet en carton. Je retournai ensuite sur mon lit et sans même savoir pourquoi, je lui parlai de mon amitié avec Hannah, quand nous étions enfants. La nuit est le moment parfait pour confier ce qu'on n'avouerait jamais le jour, c'est bien connu. Je lui racontai aussi que mes parents prévoyaient de divorcer, ce que je n'avais jamais admis à voix haute.

Finalement, nous nous endormîmes l'un à côté de l'autre, ma tête appuyée contre son épaule. Son parfum était doux et inattendu.

Quand je me réveillai au petit matin, il était déjà parti.

4

Un passage obligé

Le lendemain, pendant le cours de littérature, la place à côté de moi resta vide. Il n'y avait que les étudiants habituels, dont je n'étais pas très proche.

Je ne croisai pas Gabriel dans les couloirs, ni sur le campus pendant les heures de trous : il était certainement rentré chez lui, trop fatigué pour venir à la fac. Je repensai à ce qu'il m'avait dit sur son père, espérant qu'il ait pu dormir après notre conversation nocturne.

Après avoir fini les cours, je montai dans ma Ford Fiesta noire défoncée et pris la route vers chez mes parents. Ce week-end, nous nous retrouvions tous, comme chaque année, pour fêter l'anniversaire de ma tante.

J'en avais pour une heure et demie, entre nationale et petites routes de campagne, un trajet que je connaissais par cœur. Mais ce jour-là, pour la première fois, j'ajoutai une étape supplémentaire.

Avant de fondre en larmes, je décidai de mettre de la musique pour me distraire. Je branchai mon téléphone pour écouter l'album des Keane, un de mes groupes préférés.

J'avais toujours aimé conduire, ça me calmait et m'aidait à me concentrer sur des choses simples. Comme j'étais en avance pour le diner, je décidai d'éviter la nationale pour n'emprunter que les petites routes désertes serpentant entre les champs. Au loin, je vis une nuée d'oiseaux qui se poursuivaient, la cheminée d'une usine, un train de marchandises interminable qui passait derrière une rangée de grands saules. Au détour d'une colline s'étendit sous mes yeux le paysage familier de ma petite ville : River Lake.

– Et voilà votre monnaie, ma petite.

– Merci, elles sont parfaites.

– Elles sont destinées à une personne spéciale ?

La vieille fleuriste s'épanouit dans un sourire en me tendant mon bouquet de tournesols et la monnaie. Son accent marqué, typique de ma ville natale, me rappelait toute la distance qui séparait mon passé de mon présent à l'université.

Pendant qu'elle entourait le bouquet d'un joli nœud, je remarquai que sa façon de faire me rappelait ma grand-mère maternelle. Je n'avais que peu de souvenirs d'elle, mais une scène était gravée dans ma mémoire.

Je dois avoir trois ans, je joue à un jeu sur le lit de mes grands-parents. Je me penche trop et je tombe sur la moquette. Dès que mamie m'entend pleurer, elle accourt pour me prendre dans ses bras et me réconforter. Ensuite, elle m'emmène dans la cuisine et me donne un biscuit pour me faire oublier ma chute. Pendant la demi-heure qui suit, je fais semblant de tomber du lit pour avoir d'autres gâteaux. Elle me démasque tout de suite, mais elle continue de me câliner et de me gaver de sucreries, jusqu'à ce que je m'endorme dans ses bras.

Bien que ma grand-mère fût physiquement très différente de la douce fleuriste, je la revoyais en elle. J'étais certaine que Luke aurait adoré mamie s'il avait eu l'occasion de la connaitre. Mais elle était décédée alors qu'il avait encore du mal à dire « maman ».

La fleuriste garda les mains dans la poche avant de son tablier en attendant ma réponse.

– Oui, madame, lui répondis-je enfin, elles sont pour une personne très spéciale.

– Quelqu'un de chanceux, alors.

Elle pensait peut-être à un amoureux. Pendant quelques instants, je me sentis coupable, comme si je lui avais menti. Mais au fond, c'était bien la vérité : Luke était spécial. Je sortis de la boutique et me remis au volant.

Peu après, derrière un tournant, le mur d'enceinte de ciment gris du cimetière apparut.

Alors que je franchissais le portail avec les fleurs sous le bras, j'aperçus un homme d'une cinquantaine d'années qui donnait la main à une petite fille. Il avait les cheveux poivre et sel, le dos courbé, un visage avenant. La fillette, quant à elle, retint tout de suite mon attention : pas plus de cinq ans, ses cheveux mi-longs séparés en deux couettes blondes maintenues par un chouchou rose d'un côté et rouge de l'autre. Je pensai à ma mère, qui retournait la maison pour trouver deux élastiques de la même couleur avant de m'attacher les cheveux quand j'étais enfant.

Je n'avais jamais trouvé le courage de lui dire que j'aurais préféré deux couleurs différentes.

Les yeux bleus de la fillette croisèrent un instant les miens. Je lui fis signe de la main et elle me répondit d'un sourire. Son père, lui, était perdu dans son monde et ne remarqua même pas ma présence, alors que le cimetière était presque désert.

Je dépassai mes compagnons d'infortune et empruntai la petite allée vide qui menait à la tombe de mon frère. Quand j'arrivai devant son nom gravé sur une plaque de marbre, les larmes affluèrent avec force, mais je m'efforçai de résister.

Près de la tombe se trouvait encore la peluche Nemo dont il ne se séparait jamais. Il en prenait grand soin, mais maintenant, le petit poisson blanc et orange était gorgé de pluie et sali de terre. Un bouquet de tournesols lui tenait compagnie. Ma mère et moi avions, semblait-il, eu la même idée. De l'autre côté de la tombe, je remarquai une rose.

Une rose noire.

En tout point semblable à celle que j'avais vue le jour des funérailles. J'allais m'accroupir mais fus immobilisée par une étrange pensée : était-ce la même rose que celle laissée par l'inconnu ?

En me baissant pour l'examiner plus attentivement, je vis que les pétales étaient intacts, comme si elle avait été cueillie le jour même. Et sur la tige, il n'y avait aucune épine. Je la pris et m'assis à côté de mon frère.

Je soupirai, levai les yeux au ciel.

– Salut, toi. Comment ça se passe, là-haut ?

J'attendis quelques instants, comme si Luke pouvait me répondre, mais je n'entendis que le bruit du vent, de plus en plus fort.

Des nuits durant, j'avais essayé de me rappeler notre dernière conversation, mais mes souvenirs des heures précédant l'accident étaient flous, masqués par un nuage noir impénétrable. Je me souvenais précisément du coin de la rue, du vert du tee-shirt qu'il portait, du collier de perles que Luke avait fabriqué pour moi. Je ne sais pas comment, mais je l'ai perdu ce jour-là.

Si la psychologue avait raison concernant le stress post-traumatique, c'était mon cerveau lui-même qui essayait de me protéger de la douleur.

J'aurais donné n'importe quoi pour me souvenir des derniers moments que nous avions partagés.

– J'espère qu'ils te donnent plein de biscuits à la cannelle, comme tu les aimes, repris-je. Sinon, ils auront du souci à se faire.

Je souris malgré moi au souvenir des réserves de gâteaux que Luke conservait sous son lit.

– Et si tu te demandes comment ça se passe pour moi… Eh bien, ça se passe. Désolée si je ne viens pas te voir plus souvent. Je dois encore me faire à l'idée que tu n'es plus là. Et j'ai mes cours. Tu devrais voir le professeur Hopkins, tu rigolerais bien. Ou peut-être qu'il te ferait dormir, toi aussi !

Assise près du marbre froid, je poursuivis mon récit, jusqu'à ce que le vent devienne trop fort, à m'en décoiffer les cheveux. Peut-être que c'était Luke qui me disait que j'étais devenue une grande sœur ennuyante et qu'il préférait jouer plutôt que d'écouter mes histoires soporifiques sur les cours et les examens.

Finalement, je me levai et resserrai les pans de ma veste avant de me diriger vers la sortie. Le père et sa fille étaient encore là, main dans la main, en train de fixer une tombe.

Au milieu du cimetière, un immense saule centenaire s'élevait. Petite, à l'enterrement de ma grand-mère, je m'étais éclipsée pour jouer dans ses branches tombantes.

– Bonjour, vieux saule. Tu n'as pas pris une ride.

Le vent fit virevolter sa cascade de feuilles brillantes avec un bruissement tellement invitant que j'allai m'appuyer contre le tronc. Je m'arrêtai pour observer la petite qui sortait un dessin de sa poche et le posait contre un bouquet de fleurs fraiches. Quand elle se tourna vers son père, elle se tenait droite, les yeux secs. Une petite fille courageuse.

Son père, influencé par son attitude, sembla se redresser. Il avait peut-être agi inconsciemment, mais ça ne me surprenait pas : ma mère disait toujours que les enfants ont autant de leçons à enseigner à leurs parents que l'inverse.

J'attendis qu'ils s'en aillent avant de m'approcher de la tombe, pour voir qui ils étaient venus saluer.

Incisé dans le marbre, le nom d'une femme. Le dessin était maintenu par une pierre pour éviter qu'il ne s'envole : une femme, debout, au milieu d'un champ. « Coucou maman, tu me manques. Je t'aime. »

Je souris tristement, en repensant aux chouchous. Un rose et un rouge.

Je revins à la voiture, laissant dehors le vent qui hululait, et poursuivis ma route. Le soleil était sur le point de se coucher. Heureusement, j'allais bientôt arriver chez mes parents. Sur les bas-côtés, de hauts arbres jetaient de longues ombres sur l'asphalte.

Mon téléphone vibra. Du coin de l'œil, je lus le nom de Hannah sur mon écran. Depuis qu'elle n'était pas venue à l'enterrement, sans même m'envoyer un simple message d'excuse, je l'avais exclue de ma vie. Que me voulait-elle ?

J'allais attraper mon téléphone de la main droite quand quelque chose se matérialisa au milieu de la route. Un animal ou seulement un déchet transporté par le vent, je distinguai mal les contours dans la lumière du soir. Je freinai brusquement pour l'éviter et je perdis le contrôle de la voiture.

Un choc, puis le brouillard. Une douleur lancinante me transperça, suivie d'une sensation de chaleur. Ma vue rendue trouble par le sang qui coulait de ma tête m'empêchait de comprendre ce qui se trouvait devant moi.

Puis l'obscurité m'engloutit.

5

Un nouveau départ

Ma tête tournait comme si j'avais ingurgité deux bouteilles de vin, mais je ne me sentais pas nauséeuse.

J'aurais voulu ouvrir les yeux, mais mes paupières étaient trop lourdes. Une pression gelée, telle une main de glace qui m'emprisonnait les bras. Des voix lointaines, puis plus proches, résonnaient autour de moi sans que je puisse comprendre le sens des phrases.

Soudain, après un effort énorme qui dissipa mes dernières forces, j'ouvris les yeux. Tout m'apparut flou pendant quelques secondes. Peu à peu, un visage se dessina.

– Mon Dieu, Paul, viens vite ! Elle s'est réveillée.

Il me fallut quelques instants pour associer la voix familière de ma mère à son visage assombri par des cernes si profonds que j'aurais pu y plonger. Comme j'aurais aimé me baigner dans la mer…

La main gelée de ma mère se posa sur ma joue, puis sur mon front.

– Mon cœur, c'est moi. Si tu te sens bizarre, c'est normal, on t'a mise sous antidouleurs.

Petit à petit, j'arrivais à identifier ce qui m'entourait. J'étais dans un hôpital et un moniteur surveillait mon rythme cardiaque avec un tic-tac régulier.

La veille encore, je rêvais d'en finir avec mon existence. Mais en cet instant précis, être en vie représentait à mes yeux le plus beau des cadeaux.

Je vis mon père s'approcher de ma mère presque au ralenti. Il cligna des yeux, ce qu'il faisait souvent quand il perdait son aplomb habituel :

– Jules, tu nous as fait une de ces peurs ! Tu te souviens de ce qui s'est passé ?

Ma mère lui lança un regard de reproche.

– Elle vient de se réveiller, Paul, sois patient.

Il me sourit. Je lui rendis son sourire, pour lui faire comprendre que tout allait bien et qu'il pouvait continuer à me poser des questions. Que j'aie ensuite la force d'y répondre était une autre affaire.

– La police a retrouvé ta voiture enfoncée contre un mur. Quant à toi, quelqu'un t'a amenée à l'hôpital et t'a laissée sur le trottoir, avec à peine quelques égratignures.

La police et les docteurs se demandent comment c'est possible.

Seulement quelques égratignures ? Des images floues dansaient devant mes yeux, comme les fragments d'un rêve, mais j'étais incapable de les assembler : le monde sens dessus dessous, une douleur atroce aux jambes, et la fenêtre en mille morceaux. Une paire de chaussures noires (ou deux ?) qui faisaient crisser les éclats de verre. Une mare de sang rouge et un puits d'obscurité.

J'essayais d'ouvrir la bouche pour répondre, mais seul un son incompréhensible sortit de mes lèvres. Ma mère se précipita pour appeler le docteur, tandis que mon père m'enjoignait de ne pas me forcer, d'attendre que l'effet des antidouleurs s'estompe.

J'humectai mes lèvres avec ma langue avant de réessayer :

– ...rquoi... uis... droguée ?

Mon père eut l'expression qu'il avait quand, petite, je déboîtais la tête de mes poupées.

– Quand ils t'ont retrouvée devant l'hôpital, tu étais en état de choc. Ils ont essayé de te calmer, mais tu continuais de hurler et de te débattre, ils t'ont donné un sédatif léger. Mais hier soir, tu t'es réveillée et tu as failli agresser une infirmière ; ils ont décidé de te donner une dose plus forte.

Ça me paraissait incroyable : je ne me souvenais d'aucun de ces évènements.

– Ne t'inquiète pas, ma chérie, ton père et moi savons ce que tu es en train de vivre. L'important est que tu ailles bien, ajouta ma mère en revenant.

« Est-ce que je vais bien ? » me demandai-je. J'étais tellement fatiguée que j'arrivais difficilement à garder les yeux ouverts. Une autre caresse de ma mère et je retombais dans un sommeil sans rêve, empli seulement d'une vaste obscurité.

Puisque je n'avais aucun signe de lésion, les médecins ne me gardèrent que vingt-quatre heures en observation après mon réveil, puis je pus sortir. Je passai la nuit chez mes parents, où je remarquai quelques traces du triste anniversaire qui aurait dû être célébré.

Rapidement, je me rendis compte que ma mère s'obstinait à me traiter comme une grande rescapée, elle m'amenait les repas dans ma chambre et gardait pour elle toutes les questions qu'elle aurait voulu me poser.

– C'est un miracle.

Je l'entendais répéter sans cesse cette phrase à mon père, mais que venaient faire les miracles là-dedans ? Le vrai miracle aurait été que mon frère survive à son accident. Pourquoi ma vie à moi avait-elle été épargnée ?

Après quatre jours de convalescence, passés au lit à regarder des séries et à boire des tisanes relaxantes, mon père consentit enfin à me raccompagner chez moi.

Les routes étaient pleines de monde, en ce dimanche soir, mais le silence de ces deux heures de voyage ne fut brisé que par une malheureuse constatation :

– J'ai besoin d'une nouvelle voiture, papa.

– Je sais, chérie. On n'a pas l'argent, pour l'instant. Tu devras utiliser les transports en commun jusqu'à ce qu'on trouve une solution.

Son travail d'avocat le rendait bien prosaïque. Je ne répondis pas. Bien que j'eusse eu plusieurs jours pour assimiler les choses, je ne me souvenais toujours pas du déroulé de l'accident.

Le lendemain matin, je me levai tôt pour me préparer et retourner en cours.

Comme d'habitude, je m'installai devant le miroir pour me coiffer et il me suffit d'un coup d'œil pour formuler ce qui était désormais évident : je n'étais plus la même personne. La jeune femme qui soutenait mon regard dans le miroir était en partie une étrangère que je devais apprendre à connaitre.

Les cheveux longs appartenaient à une Jules qui faisait semblant de savoir qui elle était et ce qu'elle voulait dans la vie. C'était une Jules qui s'inquiétait du regard des autres et qui donnait de faux espoirs aux garçons pour ensuite leur briser le cœur juste après les avoir conquis.

Je n'étais plus cette personne.

J'attrapai les ciseaux et pris une grande inspiration. Je n'avais jamais eu les cheveux courts, mis à part une frange à la Jeanne d'Arc quand j'avais douze ans. Une expérience peu réjouissante à l'époque : quand la coiffeuse avait fait tourner le fauteuil pour que je me découvre dans le miroir, j'avais éclaté en sanglots. Les moqueries à mon sujet étaient allées bon train à l'école pendant deux mois.

Cette fois, ce serait différent. Je positionnai les lames au niveau de mes épaules, j'empoignai une mèche de cheveux en l'étirant au maximum avec un peigne et je donnai le coup de ciseaux décisif. L'une après l'autre, de longues mèches blondes tombèrent délicatement à terre.

Si un coiffeur m'avait vue à l'œuvre, il se serait étouffé, mais je fus satisfaite du résultat : un peu irrégulier, il représentait mon état d'esprit.

Il manquait la dernière touche. Je farfouillai dans le tiroir du lavabo, et sous tout le maquillage dont je ne me servais plus, je trouvai mon bonheur : la teinture brune que j'avais achetée l'année précédente avec Hannah. C'était un défi : si Edmund, l'intello qui suivait le même cours que nous, refusait de sortir avec moi, je devais me teindre les cheveux. Je lui avais proposé d'aller manger une glace avec moi et il avait évidemment accepté.

J'avais remporté mon défi, donc je lui avais posé un lapin. Le lendemain, je me disais que j'aurais préféré le perdre. J'étais heureuse de ne plus être cette personne, pensai-je en dévissant le bouchon du tube de teinture.

Par chance, je m'étais réveillée en avance. Une demi-heure plus tard, j'étais encore en train de me rincer les cheveux. Je les séchai et admirai le résultat : j'avais non seulement les cheveux qui m'arrivaient aux épaules, mais j'étais aussi devenue brune. Satisfaite de mon relooking, je mis mes livres dans mon sac et me dirigeai vers l'arrêt de bus. J'arrivai juste à temps, mais je fus obligée de m'aplatir comme une sardine pour entrer. Inconsciemment, j'imaginais que même les passagers inconnus commentaient mon changement de tête, alors que personne ne m'accorda un seul regard.

Le campus de la fac était immense. Au centre trônait un bâtiment de six étages avec une entrée tellement grande qu'un géant aurait pu y pénétrer. Sur les côtés s'élevaient deux structures jumelles de trois étages chacune : c'était dans l'aile gauche qu'avaient lieu la plupart de mes cours.

Quand j'arrivai, nombreux furent ceux qui se retournèrent sur mon passage. Certaines filles avec des grimaces de désapprobation discrètes mais bien visibles. D'autres, au contraire, approuvèrent ma nouvelle coupe comme si c'était la meilleure décision de ma vie.

Gabriel m'attendait devant l'entrée principale et il mit quelques instants à me reconnaitre. Finalement, quand il fut certain que c'était moi, ses yeux s'illuminèrent.

– Jules, je suis tellement content de te voir ! Quand j'ai appris pour l'accident, j'étais prêt à accourir à l'hôpital, puis on m'a dit que tu étais saine et sauve. Tu vas bien ? Tes cheveux sont sublimes, j'ai failli ne pas te reconnaitre !

Il parlait rapidement et avait un air bien plus joyeux que la nuit où il était venu chez moi.

– Disons que ça n'a pas été une semaine facile. Et toi, comment ça va ? Tu as essayé de parler avec ton père ?

Gabriel afficha une mine étonnée, un sourire embarrassé et confus se dessina sur ses lèvres.

– Si seulement je le connaissais… Pourquoi cette question ?

Visiblement, ce soir-là, son colocataire n'était pas le seul à avoir exagéré avec l'alcool.

Au même moment, Hannah passa près de nous et je songeai au message qu'elle m'avait envoyé juste avant l'accident. Je me dépêchai de saluer Gabriel et, sans autre explication, je courus derrière mon ancienne amie. Elle portait les lunettes de soleil que je lui avais offertes deux ans auparavant.

J'avais été tentée de l'appeler plusieurs fois, mais la colère et l'orgueil m'en avaient empêchée. Maintenant qu'elle se trouvait devant moi, il m'était impossible de ne pas m'inquiéter pour elle : ses cernes étaient tellement profonds que je les devinais même sous la couche de correcteur qu'elle avait appliquée.

– Hannah ?

– Jules, quelle surprise. Ça va ?

Sa voix glaciale me fit instinctivement reculer. Elle me dévisagea, puis s'attarda sur ma nouvelle coupe.

Se rappelait-elle notre pari ?

– J'ai perdu mon téléphone. J'ai vu que tu m'avais écrit un message il y a quelques jours, mais je n'ai pas eu le temps de le lire.

Elle écarquilla les yeux, comme si je lui avais dit qu'il y avait un fantôme derrière elle, puis elle balbutia :

– Ce n'était pas important. Désolée, je dois y aller.

Elle fit demi-tour et se précipita vers la sortie. Je tentai de la retenir, mais elle était déjà loin. Une des trois filles qui la suivaient tout le temps s'arrêta près de moi et murmura qu'elle avait changé depuis qu'elle était en couple. Elle ne me l'avait pas dit pour justifier le comportement de Hannah ou commenter mon expression ébahie : elle prenait tout simplement plaisir à partager des potins. Je n'eus pas le temps de répondre qu'elle avait déjà rejoint son groupe. Je ne savais pas que Hannah avait un copain, mais, après tout, j'ignorais désormais beaucoup de choses à son sujet. Je chassai mes pensées et me pressai vers la salle de cours. Devinez qui occupait la place près de la mienne ? Le garçon aux cheveux noirs.

Sa tenue vestimentaire s'était améliorée, mais une certaine étrangeté persistait : cette fois, il portait un sweat noir dont les manches longues lui couvraient entièrement les mains, ne laissant dépasser que le bout de ses doigts.

Je posai mon sac et tentai de m'installer confortablement, malgré sa présence qui me gênait sans que je pusse expliquer pourquoi.

– Salut, Jules.

Je m'éclaircis la voix en sortant mon ordinateur de mon sac avec un calme feint, et répondis :

– Salut, Kai.

Il ne dit rien et préféra se mettre à jouer avec sa bague, ornée d'un rubis.

Le professeur Hopkins commença le cours en parlant avec une lenteur excessive. Dire que le temps est relatif est on ne peut plus exact. Si j'avais été chez moi en train de lire ou de dessiner, ces deux heures m'auraient semblé durer deux minutes. Dans cette salle grise, dépouillée, où le chauffage ne fonctionnait plus, une minute se transformait en une éternité.

Alors que le cours était presque fini, Kai soupira, étendit les jambes en glissant sur sa chaise et appuya sa tête contre le dossier.

– Si tu es venu ici pour dormir, tu aurais mieux fait de rester chez toi, lui fis-je remarquer sans cesser de prendre des notes.

Je ne savais pas pourquoi je lui avais adressé la parole : je ne m'attendais absolument pas à devenir amie avec lui. Peut-être était-ce de la curiosité pour ce garçon qui résistait à l'interminable leçon du professeur Hopkins sans paraitre un minimum intéressé ? Que diable faisait-il ici ?

Kai sourit et croisa les mains derrière sa nuque.

– Tu étais plus belle en blonde, maintenant on dirait l'intello avec les lunettes dans Scooby-Doo.

Je refermai sèchement l'écran de mon ordinateur et lui adressai un sourire crispé :

– Je te saurai gré de t'assoir ailleurs, la prochaine fois. Tu me déranges et tu ne prends même pas de notes !

Il plissa les yeux comme un chat. Ou plutôt comme une panthère.

– Je n'ai rien fait du tout, je ne vois pas comment j'ai pu te déranger.

J'aurais voulu le tuer. Même si le professeur n'avait pas encore annoncé la fin de la leçon, je me levai et me dirigeai vers la sortie : une minute de plus en sa présence et je l'étranglais !

6

L'ange de la mort

Les jours qui suivirent la deuxième apparition de Kai furent tranquilles. Petit à petit, je repris le rythme des cours, recommençai à étudier et m'habituai rapidement à prendre les transports pour aller à la fac.

Ce fut justement dans le bus que je croisai de nouveau Hannah. J'eus besoin de quelques instants pour la reconnaitre, tant elle était recroquevillée contre la fenêtre, les genoux contre la poitrine. Des cernes encore plus profonds lui creusaient le visage et ses yeux fixaient le paysage qui défilait à travers la fenêtre.

J'hésitais à m'approcher. Avant que je ne me décide, c'est elle qui s'avança.

– Salut, Jules.

Son ton était aussi détaché que la dernière fois. Puis elle ajouta :

– Désolée de t'avoir snobée. Ce soir, je vais à la fête de Ray avec mon copain. Tu veux venir ? Comme au bon vieux temps.

Elle m'adressa un sourire éteint et pressa le bouton pour demander l'arrêt.

Je n'avais jamais vu ce mystérieux petit ami dont me parlait Hannah, mais je connaissais bien Ray ; nous étions voisins à River Lake et c'était moi qui l'avais présenté à Hannah.

– Attends, ce n'est pas le bon arrêt de bus, tentai-je de l'avertir, mais les portes s'ouvraient déjà. Hannah !

Elle descendit et je me rendis compte que nous étions bel et bien arrivées à l'université. La surprise de l'invitation de Hannah m'avait déboussolée et cette impression de perte de repères ne me quitta pas jusqu'au bâtiment où j'avais cours.

À côté de la baie vitrée, Gabriel parlait avec deux étudiants que je ne connaissais pas. Je me dirigeai vers lui et mesurai l'importance de sa présence dans ma vie. J'esquissai même un sourire à son intention, ce qui était un grand pas pour moi.

Quant à lui, il ne masqua pas sa joie de me voir. Ses deux amis se retournèrent peu après et, en parfaite harmonie, leur regard tomba sur le décolleté de mon chemisier blanc. Gabriel s'éclaircit la voix pour les rappeler à l'ordre, les salua et s'éloigna avec moi.

– Excuse-les, ils sont débiles. Je suis un cours facultatif avec eux, ce semestre. Et encore, ce ne sont pas les pires…

– Ne t'inquiète pas, j'ai l'habitude des relous du genre. J'ai croisé Hannah dans le bus.

– Hannah ? Ton ennemie jurée ?

– Oh, arrête. On n'est pas dans *Mean Girls*, quand même. Elle n'avait pas l'air dans son assiette… mais elle m'a invitée à une fête, ce soir. Peut-être que j'irai lui parler pour comprendre ce qu'elle a.

– La fameuse fête. Les deux génies de tout à l'heure en parlaient aussi. La moitié de l'université y va…

– Je ne me souviens pas de la dernière fois où je suis sortie en soirée sans m'ennuyer à mort, lui avouai-je alors que nous avancions vers la fontaine en face des salles.

Il eut l'air surpris de ma confidence.

– Pourtant, tu avais l'air plutôt déchainée les quelques fois où je t'ai vue en soirée.

– Justement, j'avais *l'air*.

– Tu devrais y aller, je suis sûr que tu passerais un bon moment et tu pourrais aussi renouer avec Hannah.

Une foule d'étudiants se déversa d'un coup dans le bâtiment, signe qu'il était presque l'heure.

– Tu as raison. Autant y aller plutôt que de manger de la pizza et de boire du vin toute seule. On y va ensemble ?

Gabriel secoua la tête, amusé, en fermant son sweat trop grand.

– Désolé, Yeux Bleus. C'est pas mon fort, les fêtes. Mais si tu as besoin de quelque chose, appelle-moi.

Il me fit un clin d'œil et me pinça gentiment la joue : je ne pus retenir un sourire. Il m'avait presque mise de bonne humeur, mais le professeur Hopkins s'empressa de venir ternir mon bonheur en nous rendant notre devoir corrigé.

La soirée commençait à vingt heures. À moins le quart, je grimaçais encore devant le miroir. J'avais essayé au moins quinze robes, sans trouver la bonne. Mes vêtements, trop sages, juraient avec ma nouvelle coupe de cheveux. J'optai donc pour un pantalon en cuir et un top noir qui gisaient au fond de mon armoire. J'enfilai des bottes hautes : enfin, j'étais satisfaite de mon reflet. Un maquillage léger pour les yeux, un rouge à lèvres rouge, voilà la Jules que je cherchais !

Avant d'ouvrir la porte et de quitter mon nid douillet, je fermai les yeux et fis une série d'exercices de respiration que j'avais appris sur YouTube. J'avais eu du mal à les maitriser : au début, ça me semblait stupide, puis avec le temps, je m'y étais habituée et j'avais découvert qu'ils m'apaisaient vraiment.

En sortant de l'immeuble, je fus étonnée de me retrouver au milieu d'autres jeunes parés pour la fête qui marchaient vers l'arrêt de bus. Quand, enfin, j'arrivai à l'adresse que m'avait indiquée Hannah, il y avait tellement de monde que certains s'étaient installés dans le jardin pour boire parce qu'ils n'arrivaient pas à entrer. À la vue de cette foule, toutes les cellules de mon corps m'implorèrent de faire demi-tour, mais je rassemblai mon courage : il fallait que je recommence à vivre.

La maison de Ray était encore plus grande que ce qu'on imaginait depuis l'extérieur. Le salon était immense, avec une table rectangulaire d'au moins douze couverts. Au rez-de-chaussée, il y avait une salle de billard, un bar et trois divans en cuir noir. Il fut un temps, j'aurais été jalouse. Mais en découvrant ce palais, j'avais de la peine pour ses propriétaires : plus la maison était grande, plus il y avait d'espace à nettoyer. Je commençais à raisonner comme une adulte.

Je me frayai un passage jusqu'au coin bar. Sur mon chemin, je croisai Ray, mais il était trop occupé à flirter avec une fille pour me saluer.

Un gars bronzé en chemise blanche et nœud papillon servait à boire à tout le monde. Quand il me vit, il se figea quelques secondes. Je souris puis haussai la voix pour me faire entendre :

– Je peux avoir un verre de vin blanc ?

– Désolé, on n'a que des alcools forts !

Il s'empressa de me préparer un cocktail.

– Tu es venue !

Hannah se matérialisa derrière moi et délogea d'un regard le garçon sur le tabouret près du mien. Elle avait une queue-de-cheval soignée et portait une robe verte qui mettait en valeur ses yeux : elle avait l'air d'aller mieux que le matin, mais ses cernes encore plus noirs que la dernière fois, malgré l'épaisse couche de maquillage, n'échappèrent pas à ma vigilance.

– Alors, comment ça se passe, les cours ?

Hannah haussa les épaules avant de répondre :

– C'est dur. Depuis que je suis en couple, c'est devenu le cadet de mes soucis.

Six mois plus tôt, l'université était son unique priorité ; comment pouvait-elle avoir tant changé ?

– Waouh… Vous êtes ensemble depuis quand ?

– Pas longtemps, à vrai dire, il vient d'emménager.

– River Lake te manque ?

J'avais volontairement pris un ton provocateur. Le barman me tendit un verre avec une substance marron, et je le remerciai poliment. Quand je me tournai de nouveau vers Hannah, ses yeux s'étaient illuminés et regardaient un point derrière moi.

– Le voilà ! s'exclama-t-elle en applaudissant comme une enfant.

Je me tournai dans la même direction, sans savoir de qui elle parlait. Dans l'entrée venait d'apparaitre Kai, suivi de… Gabriel ? Qu'est-ce qu'il faisait ici ? Pendant qu'ils traversaient la pièce, tout le monde observa Kai, mais il n'accorda un regard à quiconque et se dirigea droit sur nous. Il avait une boucle d'oreille noire, un jean et une chemise noirs assortis à une veste en cuir, rigoureusement noire. Il ressemblait à l'ange de la mort.

Toutes les filles cessèrent de danser pour l'admirer, tous les garçons le fixèrent, suspicieux. Gabriel, lui, avait disparu.

Je perçus le parfum de menthe de Kai avant même qu'il ne s'asseye sur le tabouret à ma gauche. Au même moment, Hannah courut à sa rencontre, une enfant qui se précipite pour découvrir ses cadeaux le matin de Noël.

– Salut, Jules, me dit Kai.

Il se pencha vers mon ancienne amie et l'embrassa à pleine bouche, un baiser si long et passionné que je me sentis obligée de détourner le regard.

– Salut, toi, lui dit-il.

Il se redressa, puis me sourit encore, révélant deux jolies fossettes. Il fit un geste au barman de son index alourdi de bagues. Je reconnus le rubis que j'avais vu en cours.

– Le plus fort que vous avez, merci.

Apparemment, Kai avait autant besoin de boire que moi.

Hannah n'arrêtait pas de l'admirer, tel un précieux trophée, alors que lui l'ignorait complètement.

– Je ne savais pas que tu étais du genre fêtarde, me dit-il.

Était-ce de l'ironie ou de l'ennui ? Difficile à dire.

– Tu ne sais rien de moi.

– Tu te trompes. Je sais que tu es gauchère…

Il tint son verre entre deux doigts en approchant sa bouche de mon oreille. Son haleine sentait l'alcool.

– Et que tu as des gouts discutables en matière d'amitié.

Sur ces mots, son regard se tourna vers Hannah. Cette dernière, hébétée, avait les yeux rivés sur nous.

– Pauvre con, grinçai-je entre mes dents.

J'attrapai Hannah par le poignet et la trainai loin du bar. Kai nous observait encore, j'en étais persuadée, mais je résistai à l'envie de me retourner pour lui faire un doigt. Je me dirigeai vers l'étage, jusqu'à un couloir mal éclairé. Je n'étais jamais allée dans cette maison, mais je n'eus pas de mal à trouver les toilettes.

Une fois dans la luxueuse salle de bains toute blanche, je nous y enfermai, Hannah et moi.

– On peut savoir ce qui te prend ? me demanda-t-elle en croisant les bras, agacée.

– Pourquoi ? lui rétorquai-je, exaspérée.

La surprise assombrit ses traits :

– Pourquoi quoi ?

– Pourquoi tu m'as envoyé un message l'autre jour, pourquoi tu fréquentes un mec qui se sert clairement de toi ? Et putain, pourquoi tu n'es pas venue à l'enterrement de mon frère ?!

Sans m'en rendre compte, j'avais haussé la voix. Cela faisait trop longtemps que je retenais ces questions.

L'expression de Hannah s'adoucit et elle s'assit sur le bord de la grande baignoire en marbre. Elle avait l'air épuisée.

– Je t'ai écrit parce que je voulais qu'on se voie. Ce jour-là, je… je n'ai pas trouvé la force. J'avais enfilé ma robe noire, mes chaussures, j'étais sur le point de partir, mais…

Sa voix se brisa. Je sentais qu'elle était sincère, mais une part de moi était trop blessée pour que je me laisse submerger par mes émotions. Elle prit un mouchoir dans son sac et reprit :

– Je voulais venir, Jules, je te jure. Mais quand j'ai posé la main sur la poignée, j'ai revu Luke quand il était né. Toutes les fois où je l'aidais pour ses devoirs. C'était trop. Je suis sortie de chez moi dans l'après-midi, pour être certaine qu'il n'y aurait plus personne au cimetière. Et je n'ai pas eu le courage de t'écrire. Je me sentais trop coupable de ne pas avoir réussi à être là pour toi.

Je commençai à la comprendre. Moi non plus, je ne voulais pas assister aux funérailles. Je m'approchai de Hannah et lui pris les mains.

– Je vois pourquoi tu n'es pas venue et pourquoi tu ne m'as rien dit, et je te pardonne. Mais tu m'as laissée seule dans la période la plus sombre de ma vie, et je ne pense pas qu'on pourra à nouveau être amies comme avant. Laisse-moi juste te donner un dernier conseil : éloigne-toi de Kai. Il ne te mérite pas.

Hannah m'adressa un regard triste et essuya une larme sur sa joue. Elle me prit dans ses bras et sortit de la salle de bains. Je soupirai et me demandai si elle allait vraiment suivre mon avertissement…

Je vérifiai rapidement mon maquillage dans le miroir et retournai moi aussi à la fête. Aucune trace de Hannah, mais une chorale de cris et de sifflements provenait du bout du couloir. Quand je vis ce qui provoquait une telle excitation, je ne fus pas surprise outre mesure : debout sur la table, Kai dansait avec une fille. Il avait déboutonné sa chemise, une main dans la poche et un cocktail dans l'autre, il se déhanchait au rythme de la musique, perdu dans son monde. C'est ce moment que choisirent deux autres filles pour prendre leur courage à deux mains et essayer de monter sur la table. La scène me donna envie de vomir. Je me demandai si Hannah avait vu son nouveau petit ami se comporter de cette manière...

J'étais quand même certaine d'une chose : j'avais besoin de sortir d'ici. Je me frayai un chemin vers la porte d'entrée et tombai nez à nez avec Gabriel. Le seul qui pouvait me sauver de cette folie.

– Tu es venu, finalement.

Il me fixa d'un air sérieux.

– On sort ?

J'acquiesçai et le suivis dehors, sur la pelouse désormais libérée par les étudiants. Encore une fois, Gabriel portait un parfum différent, mais j'étais trop secouée pour y faire vraiment attention.

– Tu ne m'avais pas dit que tu n'aimais pas les soirées ?

Gabriel contempla la bouteille de bière, qu'il sirotait :

– Je m'ennuyais chez moi. Et tu avais dit que tu serais là.

Je rougis malgré moi.

– Je ne savais pas que tu connaissais Kai.

– Qui ?

– Je t'ai vu rentrer avec lui. Il dansait sur la table.

– Première fois que je le vois. On est juste arrivés en même temps.

– Ah, désolée. J'ai la tête qui va exploser, avec tout ce qui s'est passé ce soir.

– Du genre ?

– J'ai mis les choses à plat avec Hannah et j'ai découvert qu'elle est en couple avec Kai. Tout est si étrange.

Je vis la mâchoire de Gabriel se contracter, puis il sembla se détendre à nouveau.

– Vu comment tu parles de ce mec, ton amie doit être bien masochiste !

– C'est sûr. Mais bon, l'amour rend aveugle…

Gabriel ne répondit pas, se limitant à regarder sa bouteille vide.

– Je pense que je vais y aller. Tu me ramènes ? lui demandai-je.

Je me levai et tendis la main à Gabriel. Il hésita, mais laissa retomber sa main.

– Je vais retourner à l'intérieur, j'ai un petit truc à faire.

– Ah, répondis-je, en tentant de cacher ma déception. On se voit demain en cours, alors.

Je le saluai rapidement, puis me mis en marche vers la route sans me retourner.

Le service de transport était terminé à cette heure, je rentrai donc à pied. La nuit était chaude pour la saison, mais il n'y avait pas âme qui vive, à l'exception de quelques types éméchés sur le trottoir. Quand l'un d'eux me siffla, je serrai les dents pour garder mon calme. J'accélérai. Un mouvement dans l'ombre me fit sursauter. À chaque nouvelle ruelle sombre, j'imaginais un trou noir qui pouvait me dévorer. Heureusement, je n'étais plus qu'à quelques pâtés de maisons de chez moi. Je me mis à courir et ne m'arrêtai qu'après avoir franchi le portail.

7

Sauts dans le vide

La lumière de la lune qui filtrait par la fenêtre éclairait le tapis devant mon lit. J'effleurai mon téléphone et la luminosité de l'écran m'aveugla.

Il était seulement deux heures quarante-trois.

Je fermai les yeux et, pendant une seconde, je me remémorais le chant des cigales que Luke et moi écoutions la nuit dans notre maison de campagne.

Mon frère n'arrivait pas à comprendre où se cachaient toutes ces cigales dans les arbres. Je lui répondais que l'être humain a du mal à imaginer ce qu'il ne voit pas, et qu'il y a bien plus de créatures qui se fondent dans l'obscurité que ce que nous croyons.

Mes souvenirs de ce lointain été furent soudain interrompus par un bruit sourd, comme une pierre qui tombe sur le sol. J'attendis quelques secondes, puis sombrai à nouveau dans un sommeil agité et rempli de monstres terrifiants.

Je fus brusquement arrachée à mes rêves. Une main me bâillonnait.

– Pas un mot, ne crie pas.

J'ouvris les yeux et essayai de répliquer, mais la main m'en empêchait. Je n'arrivais qu'à percevoir le gout de sa peau.

Je sentis une autre main me soulever et me sortir du lit. Je plissai les yeux et, à contrejour, je distinguai des boucles rousses… Gabriel ?!

Il portait les mêmes vêtements qu'à la fête et m'observait d'un regard que je ne connaissais pas. Trop sérieux, trop inquiet. J'entendis alors un grand remue-ménage derrière la porte.

Il retira sa main de ma bouche.

– Tu fais quoi, putain ! braillai-je. Repose-moi immédiatement ! Comment tu es entré ?

Pour toute réponse, il s'approcha de la fenêtre et la brisa d'un coup de coude. La vitre était tellement épaisse qu'une fois, un oiseau s'était écrasé dessus sans la fissurer. Comment Gabriel avait-il pu la casser du premier coup, avec ses bras si frêles ?

Je criai encore, alors que les éclats tombaient au sol en crépitant, mais Gabriel ne s'en soucia pas.

– Tiens-toi bien.

– Quoi ?

À cet instant, la porte de ma chambre s'ouvrit à la volée, mais je ne réussis pas à voir qui était entré parce que Gabriel resserra sa prise autour de ma taille et sauta.

Par la fenêtre. Du troisième étage.

Je hurlai tellement fort que je n'avais plus d'air dans les poumons. Je cachai mon visage contre son torse, comme si cela pouvait m'aider à ne pas mourir.

Pendant une seconde, l'idée de la mort surplomba tout le reste. Puis je pensai à Luke. Mon petit frère. Subitement, mon corps se détendit.

Gabriel atterrit sur l'herbe de la platebande devant mon bâtiment, ses jambes amortirent la chute aussi légèrement que si nous avions sauté d'un muret.

J'étais sans voix. Paralysée. Rien n'avait de sens. Enfin, un son sortit de ma bouche.

– Mais qu'est-ce qui vient de se passer ?

Le visage de Gabriel était concentré, je ne l'avais jamais vu ainsi.

– Ce n'est pas encore fini, Jules.

Il prit une grande inspiration et sans même me reposer, se mit à courir entre les immeubles. Il avançait à toute allure, tellement agile que je me dis qu'il ne pouvait être qu'un vampire. Mais les vampires n'existent pas, il devait y avoir une autre explication. Nous nous retrouvâmes au milieu de la forêt qui s'étendait au sud de mon quartier.

Le vent me giflait, à moins que ce ne fussent les branches du sous-bois qui me griffaient le visage.

Il y avait quelque chose derrière nous. On nous suivait. Et cette chose, quelle qu'elle fût, était aussi rapide que nous.

Je pensai à ce que je dirais à ma mère si elle m'avait vue dans une situation pareille, j'en vins presque à rire. *Presque*, parce qu'en réalité, j'étais terrorisée.

J'entendis la voix de Gabriel par-dessus le bruit du vent :

– Prête pour une petite baignade ?

– Quoi ?

Je hurlais. Impossible de savoir s'il m'avait entendue. Pour la deuxième fois, Gabriel sauta.

Un saut vers l'obscurité, puis une chute libre dans le vide qui me sembla durer une éternité.

Plouf.

Je ne m'y attendais pas et je bus la tasse. Gabriel me libéra et je luttai de toutes mes forces pour remonter à la surface. Quand je parvins à sortir la tête de l'eau, je pris la plus longue inspiration de ma vie. Je n'avais jamais autant désiré une bouffée d'air pur.

Le ciel noir et étoilé s'étendait au-dessus de moi. Mais l'eau était profonde, je n'avais absolument pas pied. Où était Gabriel ? J'étais peu à l'aise en natation, même dans des situations bien moins effrayantes.

Haletante, j'atteignis le lit de pierre de la pointe des pieds. Je me démenai jusqu'à la rive et m'étendis sur le ventre, enfin hors de l'eau.

Je n'avais plus de souffle. Ma poitrine se soulevait et s'abaissait rapidement. Le tee-shirt trop large qui me servait de pyjama était détrempé et collait à mon corps. Je toussai plusieurs fois, recrachant de l'eau.

Finalement, le visage de Gabriel entra dans mon champ de vision. Penché sur moi, il me regardait.

– Besoin d'un coup de main ?

J'essayai de me redresser, mais mes jambes me portaient à peine. Je tremblais comme une feuille, de peur et de surprise. Rien de bien étonnant : je manquais toujours d'oxygène et je ne savais pas ce qui m'arrivait.

Gabriel, lui, était entièrement sec.

– Je... Je ne...

Les mots moururent sur mes lèvres. Gabriel me fixait, impassible.

– Qui es-tu ? réussis-je à balbutier.

Il souleva l'index pour m'indiquer d'attendre un peu et marcha vers l'eau avec un sérieux inquiétant.

– Qu'est-ce que tu fais ? Ramène-moi à la maison, s'il te plait.

Il n'eut pas l'air de m'entendre. Il arriva au bord de l'eau et poursuivit son avancée jusqu'à ce que la dernière mèche de ses cheveux roux soit immergée.

Soudain, les cigales se turent. Un silence complet régnait.

– Gabriel ? Tu vas bien ? criai-je.

Et s'il était mort ? Qu'il n'y pense même pas, il devait me ramener chez moi et me donner des explications !

Dix secondes plus tard, il sortait de l'eau. Mais ce n'était plus Gabriel.

C'était un jeune homme que je n'avais jamais vu avant. Il avait des cheveux blonds, presque blancs, ses mèches à l'avant étaient rassemblées en tresses. Il mesurait au moins deux mètres, portait une espèce de plastron en cuir, des mitaines et, sur les épaules, un manteau maintenu par une épaisse cordelette qui semblait peser lourd.

Mais surtout, il était à nouveau sec. Des pieds à la tête.

Je ne savais pas si quelqu'un me faisait une très mauvaise blague ou si je m'étais noyée dans le lac, mais cette dernière explication me semblait la plus plausible.

Le jeune homme dégagea une mèche blonde de ses yeux, tellement clairs que je pouvais distinguer la pupille noire et dilatée au centre de son iris vert glacé, même au cœur de la nuit.

– Où est Gabriel ? réussis-je à articuler. C'est toi, Gabriel ?

Mais au fond de moi, je savais qu'il n'en était rien. Le mystérieux jeune homme retira son manteau, découvrant ses bras musclés couverts de tatouages.

J'avais l'impression d'avoir déjà vu ces dessins. Ils représentaient des corbeaux, des flammes et d'autres sujets macabres. Sous son poignet, une phrase en latin se détachait clairement : *Malo mori quam foedari*. Malheureusement, je n'en compris pas le sens.

– Tiens, couvre-toi.

Il m'offrit son manteau.

– D'habitude, je n'aime pas le mettre, mais je me suis dit que tu aurais peut-être froid.

Le printemps venait d'arriver et les nuits n'étaient plus si fraiches. J'eus de prime abord envie de refuser, mais je me souvins que je ne portais pas de soutien-gorge sous mon tee-shirt trempé. Je décidai donc de m'en envelopper.

Il se tenait beaucoup plus près de moi, maintenant. Il était si grand que j'étais obligée de me tordre le cou pour le regarder dans les yeux. Il leva une main et, avec une lenteur exagérée, caressa ma joue à l'endroit où une branche m'avait égratignée.

Une goutte de sang s'étala sur son doigt. Heureusement, il ne la lécha pas : ce n'était pas un vampire. Mais alors, qui était-il ?

Sur son visage apparut l'ombre d'un sourire.

– Ravi de te connaitre, Jules.

Sa voix ne ressemblait en rien à celle de Gabriel. Elle était plus profonde, rauque.

Je reculai.

– Comment tu sais mon nom ? Pourquoi tu m'as emmenée ici ? Où est Gabriel ?

– Calme-toi… Ton ami va bien, répondit le jeune homme en me souriant gentiment. C'est une histoire longue et compliquée, mais pour résumer, j'ai dû prendre l'apparence de ton ami pour te conduire en lieu sûr. Je ne pouvais pas être reconnu, je n'aurais pas eu le temps de te sauver.

Je repensai au soir où Gabriel était venu me voir et où il avait agi de façon si bizarre. Son odeur particulière m'avait étonnée et il m'avait parlé de son père, sauf qu'il ne s'en souvenait pas quand on s'était revus. Et son attitude étrange à la fête. Tout prenait sens : ce n'était pas vraiment Gabriel.

– Me sauver ? La seule chose que tu aies réussie pour l'instant, c'est me faire peur !

– Ne t'en fais pas, tu comprendras tout bientôt. Pour l'instant, il faut qu'on parte, j'ai réussi à masquer nos traces avec l'eau, mais ils vont vite nous retrouver.

– De qui tu parles ? Je n'irai nulle part tant que tu ne m'auras pas expliqué ce qui se passe !

Mon ton impérieux n'eut pas l'effet escompté : il ne fut ni intimidé, ni même gêné. Comme si sa patience n'avait pas de limites.

Il détacha de sa ceinture une sorte de court fouet en cuir. Je frissonnai à sa vue, mais il l'enroula simplement autour de son bras. Le fil adhéra à sa peau, pareil à un tatouage. Ensuite, il me tendit la main :

– Tu peux essayer de me faire confiance ? S'il te plait.

Je regardai ses doigts, remontant jusqu'à son poignet et à la phrase en latin dont je ne savais traduire qu'un seul mot : *mort*.

– Comment est-ce que je peux te faire confiance ? Je ne sais même pas comment tu t'appelles.

– Je suis Viktor, mais tu peux m'appeler Vik.

Je m'apprêtai à lui tendre le bras, puis je me ravisai. Mon sixième sens me soufflait de ne pas me fier à lui et, jusqu'à présent, mon instinct avait toujours vu juste en matière de garçons. Il m'avait donné son nom, certes, mais pourquoi cela me suffirait-il à lui faire confiance ? Je fis quelques pas en arrière, priant pour qu'il me laisse en paix, mais il fit évidemment tout le contraire.

– J'ai compris, murmura-t-il. Tu ne me laisses pas d'autres choix.

Je bondis en arrière, sur le qui-vive, mais Viktor fut plus rapide. Il tendit son bras d'un geste vif, et m'atteignit du bout des doigts : un léger coup sur le front, qui suffit cependant à me faire tourner la tête. La dernière chose que je sentis, ce fut ses bras qui me rattrapaient avant que je m'effondre.

8

Un cauchemar éveillé

Quand je rouvris les yeux, j'éprouvai une douce chaleur. J'étais allongée dans un duvet et, par-dessus, le manteau de Vik était étalé en guise de couverture.

J'avais la tête qui tournait, certainement une conséquence de la faim, mais je m'efforçai de m'assoir pour mieux observer ce qui m'entourait : je me trouvais à l'intérieur d'une sorte de tente de camping spacieuse, où se trouvaient une table et deux chaises pliantes. Sur la table étaient étalées des cartes jaunies qui paraissaient très anciennes. L'une d'elles était marquée de grosses croix et un cercle rouge entourait le nom de ma ville. Près de la carte, il y avait un couteau au manche en cuir : sans réfléchir, je m'en saisis. Je ne savais pas si je réussirais à blesser Vik, mais ça valait le coup d'essayer.

Je me demandai combien de temps j'avais dormi. Mes vêtements étaient secs et dehors, j'entendis deux voix approcher. J'accolai ma tête à la toile de la tente et tendis l'oreille.

Je reconnus d'abord la voix de Vik. À travers une ouverture de la tente, je voyais ses mains gesticuler sur un arrière-plan de feuilles et de lumières et je compris que nous nous trouvions encore dans la forêt.

– Il faut qu'on la garde loin de cet endroit, disait Vik, inquiet. C'est là qu'ils iront la chercher en premier.

Son ton était sérieux, avec une pointe d'appréhension, mais il n'apparaissait pas pour autant nerveux ou effrayé. Son attitude offrait un dur contraste avec celle de la deuxième personne, qui éclata de rire.

– Ce n'est qu'une question de temps. Toi, occupe-toi de faire ce que tu dois faire, je resterai ici. Au fait, Jules, on sait que tu es réveillée. Sors.

C'est quand il m'appela par mon prénom que je le reconnus : c'était Kai, avec sa voix vaguement douce et nettement malicieuse. Incrédule, je passai la tête hors de la tente :

– C'est une blague, c'est ça ? Qu'est-ce que tu fais là ?

Je me mis debout et sortis en brandissant le couteau de camping comme s'il s'agissait d'une arme de guerre.

Kai soupira et se gratta la nuque. Il ne ressemblait pas à la personne que j'avais rencontrée en cours ou à la soirée : ses cheveux retombaient sur son visage et lui arrivaient aux épaules. Il était pieds nus et vêtu d'un manteau en cuir sans manches entrouvert. J'aperçus les tatouages qui recouvraient tout son torse et ses bras. Il tenait une sorte de canne avec un pommeau en métal, une tête de rapace, peut-être d'aigle. Il fixa un instant le couteau, puis afficha une fausse grimace d'inquiétude et se tourna vers Vik :

– Frérot, on est foutus. Elle a un couteau.

Je saisis clairement l'ironie et mon envie de l'étrangler atteignit son paroxysme.

Vik leva les yeux au ciel puis se tourna vers moi.

– Jules, pose ce couteau. Il ne sert à rien, et de toute façon, on ne te veut aucun mal.

Je ne relâchai pas ma poigne sur mon arme, bien au contraire : je la serrai si fort que mes jointures devinrent blanches sous l'effort.

– Maintenant, ça suffit. Ramenez-moi tout…

Kai tendit une main devant lui, et fit deux petits cercles avec son index. Je n'eus pas le temps de finir ma phrase que le couteau disparut de ma main et réapparut dans la sienne.

– Je sais que tu t'étais prise d'affection pour ce cure-dents, mais je préfère le garder, me dit-il.

Dans le silence qui suivit, le bruissement des feuilles me rappela un ricanement. Je me sentais totalement sans défense. Même les arbres qui m'entouraient se moquaient de moi. Je dus faire appel à tout mon orgueil pour ne pas pleurer.

Vik observait Kai, de ce regard sévère dont usait ma mère quand j'aspirais bruyamment ma soupe, enfant.

– Ce n'est pas un jeu, Kai. Jules se sent plus en sécurité avec ce couteau, autant le lui rendre.

Je ne m'attendais pas à un tel geste de la part de mon ravisseur, mais ce n'était pas suffisant pour me faire baisser la garde. Les yeux de Kai se plissèrent, se reduisirent à deux fentes : il n'aimait pas recevoir des ordres, mais il obéit à Viktor et me tendit le couteau dans un geste cérémonieux.

– Tiens, dit-il. Je vous laisse, j'ai du travail.

Avant qu'il puisse changer d'avis, je lui arrachai le couteau des mains et le pointai sur lui.

– Tu ne vas nulle part, sifflai-je entre mes dents, dans l'espoir d'apparaitre menaçante. Maintenant, vous m'expliquez ce qui se passe et vous me ramenez chez moi.

Ma voix tremblait, mais résonna plus autoritaire que ce que je croyais possible, et j'obtins finalement l'effet escompté.

Kai se retourna, des éclairs dans les yeux, mais ce qui me frappa le plus était son bâton : des cendres brulantes mélangées à des reflets de lumière bleuâtres dansaient maintenant autour.

– Comment oses-tu me donner des ordres ?! rugit le jeune homme.

Dans ses yeux, des filaments de lumière bleue s'étaient formés, descendant jusqu'à ses pommettes. La forêt retenait son souffle : le temps semblait s'être arrêté, même les feuilles n'osaient plus bouger.

Vik posa une main apaisante sur l'épaule de Kai. Il semblait maintenant le plus petit des deux, il avait perdu la haute stature que j'avais vue près de la rivière.

– Calme-toi, Kai. Jules est perdue. Elle a vécu beaucoup de choses ces dernières heures.

En un instant, le visage de Kai reprit une apparence normale et les flammèches se dispersèrent dans l'air, suivies par les cendres.

Vik me sourit, comme pour me rassurer, puis il m'invita à m'assoir sur un tronc d'arbre recouvert de mousse.

– Va finir ton travail, dit-il à Kai. Je m'occupe d'elle.

Vik semblait avoir l'habitude de ces débordements. Kai donna un coup sec sur le pommeau en tête d'oiseau et s'éloigna dans la forêt. Je clignai des yeux et il avait disparu. Vik en profita pour s'installer à côté de moi. Je me décalai et il posa une main sur mon bras : je tremblais tellement que je dus immobiliser ma main qui tenait le couteau avec l'autre.

– Ne me touche pas. Je veux rentrer chez moi. Je ne sais pas qui tu es, mais je suis certaine de ne rien vouloir avoir à faire avec toi. Ou avec Kai.

C'en était trop. La peur accumulée ces dernières heures brisa ma carapace et les larmes dégringolèrent de mes yeux malgré mes efforts pour les retenir. Je n'en pouvais plus.

Vik attendit patiemment que ma crise passe avant de prendre la parole.

– Kai a un caractère… imprévisible. Mais tu peux me faire confiance, Jules. Vraiment. Malheureusement, on a peu de temps. Je sais que tu as beaucoup de questions, et tu auras toutes les réponses bientôt. Pour l'instant, tu dois me croire quand je te dis que tu es en sécurité avec moi. Garde le couteau si tu veux, je peux même t'apprendre à t'en servir.

– Vous parliez de moi, avant, pas vrai ? Quelqu'un, ou quelque chose, en a après moi ?

– Ces *choses* qui nous suivaient hier soir, c'est difficile de t'expliquer qui elles sont. Ce ne sont pas des criminels, ni la police, mais elles sont bien plus dangereuses. Sache qu'elles sont mauvaises et que nous devons fuir le plus loin possible. Nous ne sommes pas les méchants, Jules, même si tout cela t'apparait terriblement confus et que tu es visiblement effrayée, à raison. On essaye de te sauver.

Je voulais hurler que je ne le croyais pas et que je ne le suivrais nulle part. Mais la vérité était que j'avais peur, de lui *et* de ce qui nous pourchassait.

Vik bondit sur ses pieds et se faufila dans la tente, tandis que je m'efforçais de mettre au point un plan au plus vite.

– D'accord, lui répondis-je. Laisse-moi juste rentrer chez moi récupérer quelques affaires.

Il serra les dents en sortant de la tente, froissant la carte jaunie.

– Trop dangereux.

Son expression renfrognée me fit comprendre que l'idée de me laisser partir ne faisait pas partie de ses projets.

– S'il te plait ! Et ne t'avise pas d'utiliser encore ton tour de passe-passe, avec ta pichenette sur mon front !

– Désolé, Jules, on ne fera pas demi-tour. Ma décision est prise.

Il me restait une dernière carte à jouer, la pitié, et je n'hésitai pas une seconde. Je m'approchai de lui. Bien qu'il me fît encore plus peur de près, je lui pris la main. Sa peau était chaude, ses ongles soignés.

– Je t'en prie, Vik, laisse-moi rentrer juste une fois récupérer quelques affaires. Ensuite, je vous suivrai.

Évidemment, mon but était de m'enfuir, même si je ne savais pas encore comment. J'y réfléchirais au fur et à mesure.

Le plus important était de mettre de la distance entre moi et ces deux psychopathes. J'avais l'impression de me trouver au milieu d'une vaste blague. Je m'attendais à tout moment à voir surgir une caméra cachée de derrière un arbre pour pouvoir enfin rire de ce cauchemar.

Vik caressa le dos de ma main avec son pouce, dans un geste d'appréhension plus que de tendresse. J'avais envie de hurler et me sauver, mais j'essayai de garder un air calme, au moins en apparence.

– D'accord, consentit-il. Il est dix heures du matin, Kai viendra te chercher avant que la nuit tombe.

9

La lumière au bout du tunnel

À ces mots, ma respiration redevint normale. J'avalai ma salive et eus l'impression que mes pensées se clarifiaient. Je remerciai Vik, lui promettant qu'il pouvait me faire confiance et que je serais prête avant le coucher du soleil.

Le regard qu'il me lança était limpide : ma promesse ne valait rien, car il ne se fiait à personne.

– Si tu veux partir, vas-y, mais tu n'as pas beaucoup de temps, me dit-il.

– De quel côté ? Je ne sais même pas où on est !

– Tu vois le sentier ? Suis-le, il te mènera à une clairière. Il y a une voiture là-bas, les clés sont à l'intérieur.

– Vous utilisez des voitures ?

Pour la première fois, il esquissa un sourire qui sembla se propager et éclairer l'ensemble de son visage.

– De temps en temps.

J'aurais voulu lui poser beaucoup d'autres questions. Par exemple, quel besoin avaient-ils d'une voiture s'ils pouvaient sauter d'un bout à l'autre de la montagne ? Mais je réfrénai ma curiosité et me mis en route.

– Ah, Jules, m'interpela Vik.

– Oui ?

– Si tu essayes de t'enfuir, tu mourras. Ce n'est pas une menace, mais un avertissement. Et ne fais pas trop confiance à Kai, il est dangereux.

Ses mots me glacèrent le sang, mais je fis mine de rien : je haussai les épaules, le saluai d'un geste de la main et, surtout, accélérai le pas.

Je ne regardai derrière moi que deux ou trois fois, j'avais peur qu'il me suive, mais j'étais bien seule. Autour de moi, des centaines d'arbres. Qui sait de combien d'histoires ils avaient été témoins, au fil des ans, sans pouvoir les raconter.

Quand j'arrivai à la clairière, j'étais trempée de sueur. Tout correspondait à la description de Vik : une grande Range Rover noire était garée. Une part de moi avait espéré ne rien trouver ; qu'à la place de la voiture, il y aurait un caméraman et qu'on me dirait que Vik n'avait pas sauté du troisième étage. Mais la voiture était là. Tout était réel.

Je trouvai les clés sous le pare-soleil. J'allumai le moteur et descendis le vieux chemin de terre jusqu'à l'autoroute.

– OK, Jules, me dis-je à haute voix pour me calmer. Ne va pas trop vite, respire. Rentre chez toi, prends ce dont tu as besoin, laisse la voiture dans le parking et persuade Gabriel de t'accompagner chez tes parents. Ils ne te trouveront probablement pas, là-bas.

J'avais peur que cette voiture soit géolocalisée. Dans le doute, mieux valait la laisser au campus.

Mon reflet dans le rétroviseur central m'observait avec incertitude.

Quand j'arrivai sur le parking de mon immeuble, après avoir suivi les indications du GPS, il était déjà treize heures.

Dans le miroir de l'ascenseur, je me découvris sale et ébouriffée par ma course dans la forêt, les cheveux collés sur le front et une trace noire sur la joue.

Je n'arrivais pas encore à assimiler les évènements qui venaient d'avoir lieu. Et quand j'ouvris la porte de chez moi, je remarquai tout de suite la fenêtre. Elle était parfaitement intacte.

Tout de suite après, j'entendis du bruit en provenance de la cuisine.

Tremblante de peur, je m'emparai d'un parapluie dans l'entrée et le brandis devant moi, prête à frapper quiconque se présenterait devant moi. Vik avait-il raison ? Les personnes qui me cherchaient m'attendaient-elles ici ?

Je m'approchai prudemment et dépassai le coin du mur...

– Kai ! m'exclamai-je en abaissant mon arme de fortune. J'ai failli avoir une crise cardiaque.

Il ne s'interrompit pas et continua à ouvrir les placards de la cuisine l'un après l'autre, croquant négligemment dans une pomme. Il avait toujours sa canne à tête de rapace à la main.

– Évidemment, à part des fruits, des céréales et des boîtes de conserve, tu n'as rien à manger.

– On peut savoir ce que tu fais chez moi ? Sors tout de suite !

– Merci, ta bonne humeur me touche beaucoup, j'en déduis qu'on est déjà les meilleurs amis du monde. Ça faisait des années que je n'avais pas eu de si bonne amie. Tu ne sais pas à quel point je suis heureux !

Je soupirai et me laissai tomber sur le divan, me tenant la tête entre les mains.

« Respire, Jules, me dis-je, ce n'est qu'un mauvais rêve. »

Une main froide me souleva le menton et Kai m'obligea à soutenir son regard. On était très proches et, pour la première fois, je remarquai ses taches de rousseur.

– Pauvre Jules, murmura-t-il, tu te retrouves dans ton pire cauchemar.

Un sourire pointa sur ses lèvres. Il laissa brusquement mon menton et ramena ses cheveux en arrière. Son corps, sec mais musclé, se mouvait avec légèreté. Tout le contraire de son frère, qu'on aurait dit sorti du film *Troie*.

– Qu'est-ce que tu fais chez moi, Kai ? J'ai besoin de me reposer.

– Vik m'a demandé de te surveiller jusqu'au coucher du soleil.

– Me surveiller ou manger mes réserves ?

– Touché. Mais je vais rester dans le coin.

Un geste délicat de sa main, et la porte s'ouvrit en grand.

– Je ne veux pas que tu restes *dans le coin*, je me débrouille très bien toute seule. Je me repose, je rassemble mes affaires et je reprends la route.

Kai explosa d'un rire gras.

– C'était un plaisir de réparer ta fenêtre, Jules. Si tu veux bien m'excuser…

Quand je me levai pour fermer la porte après qu'il fut parti, je me rendis compte que la pomme qu'il avait croquée était complètement pourrie.

Je récupérai un grand sac dans mon armoire et y enfilai à la hâte des vêtements et d'autres babioles qui pourraient m'être utiles. Je glissai le couteau que m'avait laissé Vik dans une de mes chaussettes. Je voulais appeler la police, mais mon téléphone avait disparu, sans doute réquisitionné par un des deux frères. Et que pouvais-je raconter, de toute façon ? Les policiers me prendraient pour une folle et chercheraient à m'interner au plus vite.

Mon regard s'attarda sur la porte. Je ne pouvais pas prendre les escaliers, Kai devait patienter non loin et contrôler l'entrée principale. Aucun moyen de passer par là. Je montai donc sur mon lit et ouvris la fenêtre qui se trouvait juste au-dessus.

La brise printanière m'enveloppa, faisant rosir mes joues. Je revis, dans un flash, le moment où Vik m'avait prise dans ses bras et s'était jeté dans le vide. Si seulement ça pouvait être si simple ! Je pouvais en revanche essayer de fabriquer une corde en nouant tous mes draps, comme dans les films, pour descendre et m'enfuir par l'arrière du bâtiment.

Je sortis de la commode deux draps propres et y ajoutai mes draps sales. Je cherchai d'autres tissus solides : des jeans, une ceinture en cuir, des serviettes. J'estimais la distance entre le rebord de la fenêtre et la cour à une dizaine de mètres. L'assemblage de ma corde de fortune me donnait l'impression de jouer dans un film d'espionnage.

À quatorze heures cinq, mon œuvre était prête.

Je la fixai solidement aux pieds du lit et la lançai dans le vide. Il manquait encore deux ou trois mètres pour atteindre le sol. Mon cœur battait à tout rompre. Il me faudrait sauter.

Je mis mon sac en bandoulière et grimpai sur le rebord de la fenêtre. Mes mains étaient moites de sueur et mon cœur sur le point d'exploser. C'était la plus grande folie de ma vie, mais je devais tout tenter si je ne voulais pas finir prisonnière de ces deux… monstres ? Je ne savais pas exactement ce qu'ils étaient, mais rien de positif, cela ne faisait aucun doute.

Je testai la corde pour m'assurer qu'elle était stable. Je jetai un dernier regard à mon appartement, espérant y retourner au plus tôt, puis j'entortillai le drap autour de mon poignet et posai mes pieds contre le mur. Heureusement pour moi, il n'y avait pas de vent pour me déséquilibrer. Je regardai en bas.

La plupart des fenêtres étaient fermées et plongées dans le noir, comme si personne ne voulait se montrer, pour éviter d'être impliqué dans cette histoire surréaliste et dangereuse.

J'étais seule, et c'était peut-être mieux ainsi. Je ne risquais pas que quelqu'un se mette à crier et attire l'attention de Kai.

Je commençai à glisser lentement vers le bas et, après un instant, la terreur s'empara de moi : si je tombais de cette hauteur, je risquais la mort ou la paralysie. J'avais la gorge sèche tandis que la sueur coulait dans mes yeux plissés par l'effort. Je tentai par tous les moyens d'envoyer de la force dans mes bras pour m'accrocher le plus possible et poursuivis ma descente. Combien de mètres devais-je encore parcourir ?

À environ sept mètres de haut, mes doigts me faisaient un mal de chien, mais je m'obligeai à ne pas lâcher prise. Il me restait moins d'un mètre avant de sauter quand une serviette au-dessus de moi commença à se déchirer.

– Pas maintenant, je t'en supplie.

Je priai en essayant de descendre le plus vite possible, mais la serviette céda et ma corde se brisa d'un coup.

Crac.

L'herbe atténua légèrement le choc, mais une douleur lancinante se propagea dans tout mon corps. Son intensité était si extrême que j'en fus aveuglée.

Les élancements semblaient s'étendre jusqu'à mes pieds et mon estomac. J'avais sans doute une cheville et une côte cassées. Les larmes commencèrent à couler, mais je ne pouvais pas hurler. J'étais arrivée jusque-là, je ne pouvais pas mettre en péril ma fuite en me faisant repérer. Je poussai un profond soupir et m'appuyai sur un bras pour m'assoir, mais la douleur fut si forte que je craignis de m'évanouir. C'était la première fois que je me cassais quelque chose. J'essayai à nouveau de me redresser, mais ce fut la fois de trop : ma tête se mit à tourner vertigineusement et ma vue se brouilla. Je perdis connaissance.

10

Cinquante-trois corbeaux

Je fus réveillée par une sensation de froid pénétrant qui me donna la chair de poule.

Je mis quelques secondes à me souvenir où j'étais et ce qui s'était passé, mais ma douleur à la cheville ne tarda pas à me le rappeler. Le ciel s'était coloré d'un joli violet. Depuis quand étais-je étendue ici ?

Personne ne devait m'avoir vue, car je me trouvais au milieu des haies qui entouraient l'arrière du bâtiment. Je tentai d'appeler à l'aide, mais mes lèvres étaient trop sèches et pâteuses. Un goût ferreux de sang, mélangé au sel des larmes, emplissait ma bouche. J'avais froid, pourtant j'étais en sueur. Mon corps était déboussolé par ce que j'espérais être une simple fracture. Je devais me rendre à l'hôpital, rapidement. Même le bout de mes doigts semblait congelé.

J'entendis un soupir dans la pénombre.

– Regarde un peu qui voilà. Tu es bien installée, allongée comme ça ? Je te lâche des yeux une seconde et tu profites de ce moment de distraction pour te jeter par la fenêtre !

Une botte noire, avec de petits œillets de métal jaunis, apparut près de ma tête. Je me souvins du bruit qu'elle faisait sur le carrelage des couloirs de l'université.

– Aide-moi, je t'en supplie…

Kai s'accroupit à côté de moi avec une expression concentrée. Il étudiait certainement les dégâts.

– Je ne comprends vraiment pas comment tu as fait pour tomber du troisième étage sans mourir.

Je vis alors son regard se poser sur ma corde, et il la prit dans les mains, perplexe.

– Ah, donc tu voulais imiter Tarzan. La prochaine fois, appelle-moi, je suis sûr qu'à deux, on y arrivera mieux.

Son ton cynique tranchait avec son air inquiet. Sûrement parce que son frère lui avait demandé de me surveiller et que j'étais aux portes de la mort. Il jeta un œil autour de lui, pour vérifier que personne n'arrivait, puis se baissa sur moi, et effleura mon ventre de ses coudes.

Le froid me faisait trembler comme une feuille. Étais-je en train de mourir ?

– Écoute-moi bien, Jules.

Il me parlait sérieusement, j'eus l'impression de reconnaitre le comportement solennel de Vik. Il posa ses doigts gelés sur mon avant-bras.

– Je ne peux pas te réchauffer, malheureusement. Par contre, je peux t'aider, mais pas ici. C'est trop risqué, quelqu'un pourrait nous voir.

Quand je compris qu'il avait l'intention de me soulever, mon corps se contracta à l'idée du supplice à venir.

– Non, je t'en supplie, ça fait trop mal !

– Je sais, ma belle, mais je n'ai pas le choix. Il faut que tu résistes.

J'aurais presque pu croire qu'il me parlait avec douceur, mais c'était probablement sa façon de me pousser à obéir. Il mit un bras sous mes genoux et passa le deuxième dans mon dos. Un élancement puissant me coupa le souffle.

Ma douleur à la cheville était à peine supportable, mais le mouvement que je devrais faire avec mon abdomen, j'en étais certaine, ne le serait pas du tout.

– À trois, tu es prête ?

J'acquiesçai avec une grimace de douleur.

– Un... deux... trois !

J'émis un gémissement. Je serrai sa nuque tellement fort que je sentis mes doigts s'enfoncer dans sa chair et je faillis m'évanouir à nouveau. Mais le pire était passé.

Pour le moment, je me fichais totalement de m'échapper, je voulais juste que la douleur cesse.

– Tu dois m'emmener à l'hôpital, soufflai-je à son oreille.

– Ce n'est pas la peine, détends-toi.

J'aurais voulu lui crier en plein visage qu'il était complètement fou, mais j'étais trop fatiguée pour réagir et il en était parfaitement conscient.

Il se dirigea vers la Range Rover. Me porter ne lui coutait aucun effort, même si j'étais un vrai poids mort. Mes bras étaient encore attachés autour de son cou et j'effleurai ses tatouages du bout des doigts. Je m'aperçus que certains étaient en relief, comme des cicatrices. Je ne me sentais pas en sécurité avec lui, encore moins qu'avec Vik. Bien au contraire, chaque pas faisait grandir le malaise qui m'oppressait. Quand nous arrivâmes à la voiture, seules mes blessures m'empêchèrent de pousser un soupir de soulagement.

Kai ouvrit une portière et m'étendit délicatement sur la banquette arrière.

– J'arrive tout de suite.

Il disparut de mon champ de vision. Je l'entendis ouvrir le coffre et il revint avec une couverture. Il la déplia sur moi pour me couvrir avec des gestes maladroits, comme si c'était la première fois de sa vie qu'il le faisait. Je n'aurais d'ailleurs pas été surprise de l'apprendre.

– OK, Jules. Je vais m'assoir à côté de toi. N'aie pas peur, je vais tout faire pour te remettre sur pied. Même si, en ce qui me concerne, tu aurais très bien pu t'écraser sur le ciment... Mais si mon frère te voyait dans cet état, il me tuerait.

J'opinai du chef et remontai la couverture sous mon menton. Je sentais un froid glacial jusque dans mes os ; ceux qui n'étaient pas cassés, du moins.

Kai s'installa près de moi. Il me souleva précautionneusement les jambes et les allongea sur les siennes, puis il ferma la portière en faisant attention à ne pas heurter mon pied.

Après avoir trouvé une position confortable, il posa une main sur ma cheville cassée et l'autre au-dessus de ma côte fêlée. Ses doigts étaient longs et délicats, je ressentais leur contact gelé malgré l'épaisseur de la couverture.

Je crus voir les veines de ses bras se durcir et devenir presque violettes, comme si le bout de ses doigts extirpait de mon corps un liquide sombre qui remontait petit à petit jusqu'à ses épaules.

J'étais tellement hypnotisée par cette vision irréelle que je ne me rendis pas tout de suite compte que le visage de Kai était déformé par un masque de souffrance. Alors que je me sentais mieux, lui semblait de plus en plus ébranlé.

Au fur et à mesure, les élancements dans ma cheville diminuaient, mon thorax fut libéré d'un poids et je fus envahie par un soulagement si intense que j'aurais pu en sourire... Si je ne m'étais pas trouvée dans cette situation.

Kai tremblait et sa respiration devenait sifflante. Quand il retira ses mains de mon corps, je me sentais légère et je flottais comme si on m'avait administré un puissant antidouleur. Ou un sédatif. Quelques secondes plus tard, je fus envahie par un profond sommeil : je n'eus que le temps de voir Kai s'évanouir et s'affaler sur mes cuisses avant de sombrer à mon tour.

Je fus réveillée par un soubresaut qui me fit presque tomber du siège.

– Excuse-moi. J'ai roulé dans un nid-de-poule.

Instinctivement, je posai une main sur mon ventre pour me préparer à l'assaut de la douleur, mais je ne ressentis rien. La couverture rouge retomba sur mes genoux quand je me rassis. Aucune trace de mes blessures. Ma cheville était aussi fine qu'avant : mes fractures semblaient n'avoir été qu'un mauvais rêve, pourtant mes vêtements gardaient bel et bien les stigmates de ma chute. Et j'avais encore froid.

Dans le rétroviseur, Kai me fixait de ses yeux d'un beau vert clair. Ses mains, ornées de bagues, serraient le volant.

– Comment tu as fait ? lui demandai-je.

Il me regarda, faisant mine de ne pas comprendre.

– Fait quoi ? Je conduis. Tu sais comment ça marche ? Cela dit, vu comment tu te jettes par la fenêtre du troisième étage, j'espère que tu n'as pas de voiture pour assouvir tes instincts suicidaires.

– Tu sais très bien de quoi je parle, rétorquai-je.

Le paysage qui défilait par la fenêtre attira mon attention. Il avait changé du tout au tout : à la place des collines herbeuses qui entouraient l'université se trouvaient des montagnes escarpées et des forêts surmontées de neige, entre lesquelles serpentait la route.

Le froid provenait donc du dehors, me fis-je la réflexion en récupérant la couverture pour m'enrouler dedans. Depuis combien de temps roulions-nous, et à quelle altitude nous trouvions-nous ?

– Où est-on ?

– Tu n'es pas en posture de poser des questions. Limite-toi à me remercier et tais-toi pendant le reste du trajet.

Je plissai les yeux en lui jetant un regard noir et remontai les jambes vers mon torse, appuyant la tête contre la fenêtre. Je n'avais aucune raison de le remercier. C'était sa faute si j'avais dû me la jouer Indiana Jones ! Il essaya de me provoquer :

– Comment va Hannah ? C'est une fille... intéressante.

– Laisse-la tranquille. C'est une fille bien, répondis-je âprement.

– Sois pas jalouse. Ne t'inquiète pas, on n'a fait que s'embrasser.

Je ne savais pas s'il me disait la vérité, et je m'en fichais un peu. Tant qu'il était ici avec moi, à me lancer des piques, il ne détruisait pas la vie de Hannah : ça m'allait donc très bien.

Kai me regarda encore, puis sourit.

– D'accord, j'ai compris. Puisqu'il nous reste deux heures de route, pourquoi on ne ferait pas un jeu ?

Le ton cynique qu'il utilisa me donnait envie de lui coller mon poing dans la figure, mais ce n'était pas possible. Je me contentai de rester silencieuse et de contempler les arbres recouverts d'un manteau de neige.

– Super, je le prends comme un oui, dit-il avec un rictus. J'adore nos conversations, Jules. Ça faisait des années que je n'avais pas eu d'échanges aussi stimulants. Quel jeu on pourrait faire ?

– Je n'ai pas l'intention de jouer avec toi. Fais-toi une raison.

– Ma belle, je ne peux pas me résigner. Ça fait des années que mon âme n'est plus en paix.

Je me penchai et lui donnai une pichenette sur la tête, ébouriffant en même temps ses cheveux. Je n'avais pas eu le temps de me rassoir qu'il freina brusquement, faisant cogner mon nez contre l'appuie-tête.

– Mais tu es malade ? Je me suis…

– Recommence encore une fois, me coupa-t-il d'une voix monstrueuse, et je te garantis que les fractures que tu t'es faites en tombant du troisième étage ne seront qu'un léger chatouillis comparées à ce que je t'infligerai. Tu m'as compris ?

La voiture était en proie à des secousses comme s'il y avait un tremblement de terre, et les quelques arbres ayant survécu au froid glacial qui pointaient sous la neige commencèrent à perdre leurs feuilles. Dans le rétroviseur, je vis son regard fixe, ses pupilles dilatées qui engloutissaient tout le vert de ses iris.

Il était furieux.

Je me dépêchai de lui demander pardon. Un lourd silence me répondit.

– Alors, on fait un jeu ? repris-je dans un murmure.

Soudain, les sièges cessèrent de trembler et je remarquai que ses yeux retrouvaient leur état normal. La voiture redémarra.

– Oui ! J'adore les jeux de voyage !

Il avait adopté un ton était léger et rieur, comme s'il ne venait pas de tout décimer dans un rayon de cinquante mètres.

– Tu es vraiment bizarre, marmonnai-je dans ma barbe.

– Je sais ! Tu vois les corbeaux, là-haut ?

Je me penchai et remarquai une myriade d'oiseaux.

– Si tu devines leur nombre, je te rends le cure-dents que tu aimes tant.

Je tâtai mes chaussettes : je n'avais plus mon couteau. Je l'avais sans doute perdu en tombant et je n'avais même pas besoin de demander à Kai de me prouver qu'il l'avait vraiment, parce qu'il était justement en train de l'utiliser pour déloger une miette entre ses dents.

– Enfin ! dit-il. J'avais un truc de coincé depuis ce matin…

– Arrête, c'est dégoutant ! Rends-le-moi tout de suite !

– Toi aussi tu as quelque chose de coincé ? Je comprends que ce soit gênant, mais avant, tu dois deviner combien il y a de corbeaux.

Je soupirai bruyamment pour montrer mon mécontentement et affutai mon regard pour compter les oiseaux, mais je compris tout de suite que c'était impossible. Ils étaient trop rapides et suivaient des trajectoires différentes qui se croisaient les unes les autres : j'allais devoir donner un nombre au hasard.

– Dépêche-toi, si on les perd de vue…

– Cinquante-quatre.

J'avais donné cette réponse sans rien savoir, naturellement, mais Kai se tourna vers moi d'un coup, surpris.

– J'ai deviné ?

Il ne me répondit pas, mais reporta son regard sur la route. À cet instant, une petite silhouette noire se détacha de l'essaim d'oiseaux, en chute libre.

– Cinquante-trois, dit Kai.

– Je n'y crois pas ! Tu viens de tuer une pauvre bête pour gagner un jeu ?

Il leva une main, referma le couteau et le lança sur le siège arrière, d'un mouvement du poignet parfaitement maitrisé.

– Tu te trompes, il est mort tout à fait naturellement. La pollution est vraiment terrible, au vingt-et-unième siècle.

Je rattrapai le couteau avant qu'il n'atterrisse sur le sol.

– Tu es odieux.

Kai esquissa un sourire, jeta un œil au rétroviseur et quelque chose dans son expression changea. Il enfonça brutalement la pédale d'accélérateur, ses yeux sautant d'un rétroviseur à l'autre.

Il y avait un problème.

– Kai, qu'est-ce qu'il se passe ?

Au lieu de me répondre, il empoigna le frein à main.

– Accroche-toi, me prévint-il avant de le tirer à lui.

La voiture fit une embardée soudaine, s'embarquant dans un dérapage digne d'un pilote de course. J'attrapai la poignée au-dessus de la fenêtre et criai. Les roues de la voiture crissèrent sur le goudron, le pare-chocs se dirigea vers le bas-côté et Kai fonça au milieu des champs. Il n'y avait plus de route, seulement de la terre et une forêt à l'horizon.

11

Terrifiantes retrouvailles

– Tu es complètement cinglé ? Freine !

La voiture glissait difficilement entre les arbres et rebondissait sur le terrain accidenté. Les roues pouvaient rester bloquées dans la neige à tout moment, mais la Range Rover s'en tirait bien pour le moment. Une voiture moins robuste serait probablement déjà sur le toit, et nous en piteux état.

J'inspirai profondément pour garder mon calme. Le visage de Kai était tendu. Il semblait très confiant au volant, slalomant entre les troncs, mais nous ne pouvions pas continuer comme ça longtemps : plus nous nous enfoncions dans les bois, plus les branches chargées de neige se densifiaient. Ce n'était qu'une question de temps avant que nous nous retrouvions dans une impasse.

Une secousse, puis la voiture s'arrêta. Kai appuya de toutes ses forces sur l'accélérateur, mais les roues s'étaient embourbées dans la neige et tournaient dans le vide : nous étions coincés.

– Merde !

Son ton plein de colère retentit plus fort qu'un coup de feu.

– Jules, il va falloir que tu fasses exactement ce que je te demande.

Son attitude trahissait la gravité de la situation, je me contentai donc d'acquiescer.

– Enjambe l'accoudoir et monte devant avec moi.

Je m'exécutai, attentive à ne pas me taper la tête contre le toit, et m'assis gauchement sur le siège passager.

– J'ai laissé mon sceptre dans le coffre. Sans lui, on est fichus. Je vais aller le récupérer. Quoi qu'il arrive, surtout, *ne sors pas de la voiture*.

Mes lèvres tremblaient. Heureusement, Kai n'attendit pas ma réponse et ouvrit sa portière. Dehors, il avait recommencé à neiger et la visibilité était très mauvaise. J'arrivais difficilement à distinguer les cimes des arbres qui nous entouraient, mais quelque chose attira mon attention.

C'était un petit être, d'environ un mètre quarante. Je plissai les yeux pour mieux le voir et quand je découvris ses boucles incroyablement familières, mon cœur loupa un battement.

Le vent s'était tu. Même les flocons de neige semblaient tourbillonner au ralenti. Une voix me parvint, un murmure, comme si cette silhouette se trouvait à quelques centimètres de moi, et pas à plusieurs mètres.

– Jules… Aide-moi !

Luke. Mon frère.

Mais mon frère était mort…

À moins qu'il ne fût en vie ? Il était peut-être devenu comme Kai et Viktor, quoi qu'ils fussent.

En une seconde, j'oubliai tout ce qui m'entourait et je n'eus plus qu'une idée fixe : aider Luke. Sans y réfléchir à deux fois, j'ouvris ma portière et sortis.

Peu m'importait de risquer ma vie s'il s'agissait de mon frère. Je ferais tout pour lui. Je mourrais même à sa place.

Mon pied s'enfonça immédiatement dans la neige jusqu'à la cheville. Le vent glacial me frappa de plein fouet, mais plus rien n'avait d'importance à cet instant, et j'avançai. Luke était de plus en plus proche. Il portait les mêmes vêtements que lorsqu'il était mort.

Du moins, au moment où je croyais qu'il était mort.

La neige pénétrait mon jean, jusqu'au-dessus du genou, je la sentais partout, mais j'étais maintenant assez proche pour voir le blanc éclatant du sourire de mon frère.

Quelqu'un criait mon nom, était-ce Kai ?

Je ne l'entendais pas distinctement, comme s'il était à des années-lumière. Comme s'il me parlait à travers un songe. Je tendis le bras pour attraper la main de Luke, mais chacun de mes pas se faisait plus lourd. Mes doigts étaient violets. Au moment où mes yeux croisèrent ceux de mon frère, je compris que j'avais été bernée.

Ses iris étaient rouges. Les flocons de neige ne se posaient pas sur son tee-shirt bleu, mais le traversaient.

Une main glacée saisit mon poignet, me tirant en arrière avec force. Je sentis la respiration de Kai dans mon oreille :

– Ce n'est pas ton frère. On doit partir, tout de suite. Je t'avais dit de rester dans la voiture !

Même si je savais qu'il disait la vérité, je n'arrivais pas à bouger.

Kai raffermit sa prise et se positionna devant moi.

– À trois, tu cours.

– Je ne peux pas le laisser ici, il a besoin de moi.

Je voulais pleurer, mais le froid m'en empêchait.

– Un.

La chose que je croyais être mon frère était en train de se déformer, comme si des membres essayaient de s'extraire de son corps.

– Deux.

Il ne restait désormais plus rien des traits de Luke, une sorte d'ombre solide avait pris sa place. Elle mesurait plus de deux mètres de haut, et il était impossible de comprendre de quoi elle était faite.

– Trois !

Je partis en courant dans la direction opposée à l'ombre, mais une deuxième créature se matérialisa devant moi. À la place des yeux, deux fentes blanches émettaient une légère lueur et sa bouche en demi-lune rappelait vaguement un sourire forcé, comme si deux doigts en crochets tendaient ses lèvres en une grimace agonisante. L'ombre poussait des gémissements, des grognements et des gargouillis, des cris bestiaux qui ne pouvaient être ceux d'un être humain.

Un sifflement de l'ombre, proche de celui d'un serpent, fit ressurgir à mon esprit une image de mon enfance à laquelle j'avais cessé de penser depuis des années. J'avais six ans et ma grand-mère venait de mourir.

Après la cérémonie à l'église, ma mère avait organisé une petite réception chez nous, pour les parents proches. Nous avions encore quelques photos de ce jour-là : je portais une robe de velours noir bien trop longue pour moi. Dès que je me prenais les pieds dedans, j'arrivais à faire naitre un sourire sur le visage de mes tantes, entre leurs larmes.

Je savais que tout cela était réellement arrivé. En revanche, je me rappelais la suite de la journée à travers le voile d'un rêve.

Ou plutôt d'un cauchemar.

J'étais dans mon lit, et les derniers invités étaient sur le départ. Je n'arrivais pas à dormir. Je regardais autour de moi et j'avais vu la porte de mon dressing entrouverte. Bizarre. Ma mère la fermait toujours dès qu'elle avait choisi ma tenue, ne voulant pas que j'entre dans la pièce en bazar et que je me fasse mal.

J'avais repoussé ma couette, que ma mère avait remontée sur mes épaules avec soin avant de rejoindre les invités. Dès que mes pieds avaient touché le tapis, la porte avait claqué.

J'étais certaine que c'était ma grand-mère qui avait fermé la porte pour moi. Mon père, avant l'enterrement, m'avait expliqué que ma grand-mère serait toujours près de moi, même si je ne pourrais plus la voir. Malgré ma peur, j'avais donc remercié ma mamie et étais retournée au lit.

Plus tard, je m'étais réveillée en sueur. Je n'avais aucun souvenir de mon cauchemar, et je n'étais même pas certaine que c'en fût un, mais la porte de mon dressing était encore une fois ouverte. Dans l'entrebâillement, deux petits points blancs brillaient, des espèces d'yeux.

Et c'est moi qu'ils regardaient.

J'avais aussitôt allumé la lumière et ils étaient partis. Mais dans l'ombre qui, quinze ans plus tard, me bloquait le passage au milieu d'une tempête de neige, je retrouvai ce regard qui m'avait tourmentée.

Je reculai jusqu'à ce que mon dos heurte celui de Kai.

– Nous sommes encerclés, susurrai-je.

– Je t'avais dit de courir !

Autour de nous, maintenant, se dressait une armée d'ombres. Je ne savais pas combien elles étaient, et elles se déplaçaient tellement vite qu'elles semblaient être partout en même temps.

Le vent sifflait à mes oreilles.

Les figures noires commencèrent à tendre les bras vers nous. Elles semblaient toutes chuchoter la même chose : mon prénom.

Du coin de l'œil, je vis Kai pointer son sceptre vers le ciel.

Bien que le bruit qui nous entourait fût assourdissant, je l'entendis prononcer des mots en latin. Les mains des ombres étaient désormais à un cheveu de ma peau, au point de m'effleurer, et leur regard vitreux me congelait.

Kai frappa la terre de son sceptre et la neige fut recouverte d'une poudre grise qui se mit à tournoyer vertigineusement dans l'air, d'abord à la hauteur de nos chevilles, puis de plus en plus haut, créant un bouclier contre les ombres.

– Que se passe-t-il ?

Ma voix fut emportée par le vent violent. La poussière nous recouvrait entièrement, Kai et moi, nous isolant du monde extérieur.

Entourée par cette barrière toujours plus dense et tourbillonnante, j'eus l'impression de me trouver dans l'œil d'un cyclone : je n'arrivais plus à voir les ombres derrière le mur gigantesque qui se formait.

Puis le vent tomba.

Le vortex s'immobilisa, formant une paroi sombre. Je m'aperçus alors que ce n'était pas de la poussière, mais de minuscules cendres aux reflets argentés. À l'extérieur, l'infernal bruissement des ombres aussi semblait avoir cessé. Je n'entendais que ma respiration haletante.

– Kai… ?

Une détonation.

Les cendres qui nous protégeaient se propagèrent avec un bruit assourdissant, comme projetées par le souffle d'une puissante explosion. Malgré la déflagration, je réussis sans peine à entendre les cris des ombres propulsées au loin. Le nuage secoua les troncs et les branches des arbres, engloutit tout, et se dissipa pour ne laisser que le blanc de la neige.

Le manteau neigeux et un cercle d'arbres courbés par l'onde de choc. C'était tout ce qui restait autour de nous.

12

Meilleur ennemi

Je peinais à croire à ce que je venais de voir, mais le paysage était une preuve suffisante. Il me confirmait que je n'avais pas été victime d'une hallucination : on aurait dit qu'une bombe venait d'exploser. Je n'eus pas le temps de prononcer un mot, car Kai m'attrapa la main avec force.

– On y va, vite !

Il se mit à courir et je le suivis, mais après quelques pas, mes jambes se firent lourdes et je m'effondrai de fatigue dans la neige.

Sous l'effet du gel, de mes vêtements gonflés d'eau et de la peur, mes muscles empêchés de fonctionner correctement étaient envahis de crampes lancinantes.

– Je n'y arrive pas ! criai-je, la voix brisée par des sanglots.

Kai revint sur ses pas sur-le-champ et, sans laisser transparaitre aucune émotion, il se pencha pour me prendre dans ses bras. Puis il se redressa et reprit rapidement sa course vers l'orée du bois. Au loin, j'avais encore l'impression d'entendre des plaintes épouvantables, mais j'étais exténuée et terrifiée. Mon esprit me jouait peut-être des tours, ou bien ces terribles ennemis d'ombre n'avaient pas été vaincus par l'explosion.

À bout de forces, triste et effrayée, j'enfouis mon visage dans le cou de mon sauveur. Ou de mon ravisseur ? Trop fatiguée pour me poser la question, je le laissai courir sans plus me préoccuper du monde extérieur.

Je ne sais pas combien de temps je me tins collée à lui sans ouvrir les yeux. Finalement, il s'arrêta et je soulevai la tête. M'étais-je endormie sur le trajet ? Difficile à dire. Quoi qu'il en soit, nous étions sortis de la forêt et la température avait augmenté. À une centaine de mètres de nous, en bas d'une descente, un petit motel se dressait sur une route sinueuse. Kai ne semblait pas s'être aperçu de mon réveil, j'en profitai donc pour fermer les yeux encore un instant.

Quelques minutes plus tard, Kai m'allongeait dans le patio du motel et, avec sa délicatesse légendaire, il ajouta :

– Lève-toi, je sais que tu es réveillée.

J'ouvris les yeux et m'assis. Le motel était tout en bois, et le sol semblait très glissant. Alors qu'il frappait énergiquement à la porte de la réception, je vérifiai qu'aucune ombre ne nous avait rattrapés. Mes yeux continuèrent à sauter d'un point à l'autre, s'attendant au pire. Mais rien ne semblait sortir de cette obscurité toujours plus dense.

Pour le moment.

Avec la tombée de la nuit, la température baissa rapidement, faisant rougir mon visage.

– Pourquoi il n'y a personne dans ce motel de merde ? s'énerva Kai en donnant un coup de pied à la porte, qui résista à son assaut.

– Du calme. On fait quoi ?

Mon souffle, contrairement au sien, formait une fumée de condensation à chaque mot. Je me levai et étudiai le motel : il y avait une dizaine de chambres, chacune indiquée par un numéro. Chaque chambre était pourvue d'une fenêtre, toutes cachées par de lourds rideaux jaunis.

Kai se dirigea à grands pas vers la première, tendit l'oreille et grimaça : elle était occupée.

Il fit de même avec la deuxième puis la troisième, pour un résultat similaire. Quand il s'arrêta devant le numéro 6, il me fit signe d'approcher et posa la main sur la poignée. Ses yeux se fermèrent et une forte brise décoiffa ses cheveux noirs. Après quoi, la serrure se déverrouilla et la porte s'ouvrit.

– Comment tu as fait ? demandai-je, surprise.

– Attends... Tu veux dire qu'après tout ce que tu as vu jusqu'à présent, tu me demandes comment j'ai fait pour forcer une serrure ?

Il marquait un point. Kai me poussa dans la pièce, sans autres explications. Mais il avait raison ; elles n'étaient pas vraiment utiles, après ce à quoi j'avais assisté dans le bois.

La chambre était classique : deux lits simples séparés par une table de nuit, un vieux téléviseur, une moquette verte qui n'avait pas dû être lavée depuis un siècle et une petite salle de bains.

Kai verrouilla la porte, jeta un dernier regard par la fenêtre et ferma le rideau.

– On devrait être en sécurité pour cette nuit. On attendra que la neige ait un peu fondu pour retourner à la voiture demain.

Encore en proie à des frissons incontrôlables, je m'assis sur un des lits.

– C'était quoi, ces ombres ? Pourquoi nous ont-elles attaqués ? Est-ce que c'était les mêmes qui nous suivaient, Viktor et moi, près de mon appartement ?

Il me fixa un instant et sembla enfin se souvenir que la personne qui se trouvait devant lui n'était qu'une pauvre jeune femme terrorisée. Il posa son sceptre contre le chambranle de la porte et s'assit au bout de l'autre lit. Bien qu'il ne portât qu'un tee-shirt noir et son long blouson de cuir sans manches, il n'avait pas l'air transi de froid.

– Vik m'a intimé de ne rien te dire.

– Je ne pensais pas que tu étais du genre à recevoir des ordres.

– Je ne le suis pas, crois-moi.

J'attendis qu'il ajoute quelque chose, mais la chambre plongea dans le silence. Le seul bruit était celui des ressorts du lit qui grinçaient dès que je faisais le moindre mouvement.

J'observai mes mains reprendre peu à peu des couleurs, puis me levai. Sans un regard vers Kai, j'allai dans la salle de bains et fermai la porte derrière moi.

J'ouvris le robinet de la douche et laissai l'eau couler jusqu'à ce qu'elle soit chaude, formant de la condensation sur le miroir et rendant mon reflet flou. Je tâtai mon visage du bout des doigts : ma peau était sèche et rêche, mes lèvres cloquées et mes joues salies par les cendres. Sans compter mes cheveux, maculés de boue et de neige, collés à mon front.

J'entrepris de me déshabiller, mais chaque geste me demandait une énergie énorme. Les vêtements que je portais étaient trempés, je les déposai sur le petit radiateur à côté du lavabo.

Une fois en sous-vêtements, je me rendis compte que je n'avais pas mangé depuis... Je ne me souvenais plus de la dernière fois que j'avais avalé de la nourriture, ou même de l'eau !

J'entrebâillai la porte et glissai ma tête par l'ouverture.

– Kai ?

Mon garde personnel, si on pouvait le définir ainsi, se tenait près de la fenêtre et surveillait l'extérieur. Il ne dit rien, ne se retourna pas.

– Je sais que c'est une question bête, mais... tu n'aurais pas quelque chose à manger, par hasard ?

Il se tourna, un sourcil haussé, et ouvrit les bras dans un geste d'exaspération.

– J'ai l'air d'avoir de la nourriture cachée quelque part ? Dans mon caleçon, peut-être ?

Ce qu'il pouvait être vulgaire !

– Non, évidemment, mais...

Kai m'interrompit brusquement :

– Pardonne-moi de ne pas avoir pris le temps de t'emmener dans un restaurant cinq étoiles, mais j'étais trop occupé à te sauver la vie. Si tu étais restée dans la voiture, on n'en serait pas là, et Vik t'aurait déjà procuré à manger.

– C'était juste pour savoir.

Mon murmure désolé se perdit dans la pièce. Je refermai la porte et entrai dans la douche. Je ne supportais pas les types pédants comme Kai et, en d'autres circonstances, je n'aurais certainement pas lâché l'affaire. Mais dans le contexte actuel, je devais admettre qu'il avait raison : c'était ma faute si on se retrouvait dans cette situation.

Bien que le jet d'eau fût tiède, j'eus l'impression qu'il était brulant au contact de ma peau glacée. Je regardai autour de moi et, sur une tablette en plastique incrustée, je trouvai un flacon de shampooing et un gel douche. La première note positive de la journée.

Pendant que je me massais le cuir chevelu, je pensai à ma mère. Depuis combien de temps ne lui avais-je pas écrit ? Plus de deux jours, elle s'inquiétait sûrement.

Le lendemain matin, je devrais impérativement trouver un téléphone pour l'appeler, même si je ne pouvais pas lui dire ce qui se passait : elle aurait une crise cardiaque et me penserait folle. Qui croirait à une histoire pareille, d'ailleurs ? Et même si elle me croyait, elle ne pourrait pas m'aider. Personne ne le pouvait.

À cette idée, je me sentis très fatiguée, et seule.

Quand je sortis de la douche et m'aperçus qu'il n'y avait pas de sèche-cheveux, je faillis piquer une crise. Pas seulement parce que je ne pouvais pas me sécher les cheveux, c'était le cadet de mes soucis, mais parce que rien dans cette journée ne se passait correctement.

Finalement, après dix longues respirations, je m'enroulai une serviette autour de la tête et rassemblai mes vêtements étendus sur le radiateur, pour découvrir qu'ils étaient encore trempés.

Génial.

Je considérai l'option de me couvrir avec une serviette, mais ça ne dura qu'une seconde. Je pris mon courage à deux mains et enfilai mes affaires mouillées, puis je sortis de la salle de bains. J'eus du mal à en croire mes yeux.

Sur le lit où j'étais assise juste avant se trouvaient des biscuits, des sachets apéros, des jus de fruits et des petites bouteilles d'eau.

Kai se tenait debout et se grattait la nuque, mal à l'aise.

– J'ai trouvé un distributeur. Je ne savais pas ce qui te plaisait, donc j'ai pris un peu de tout.

Il n'eut pas le temps de finir sa phrase que je m'étais déjà élancée vers le merveilleux butin. Je pris une gorgée de jus, m'emparai d'un gâteau et le croquai comme si c'était le steak le plus juteux de l'univers. J'ouvris un paquet de chips et l'offris à Kai, qui secoua la tête, horrifié :

– Tu ne me feras pas manger ces trucs, même sous la torture.

– Où as-tu trouvé l'argent ?

– Pourquoi tu ne te contentes pas de me remercier de t'avoir sauvé la vie, deux fois en une seule journée, et de t'avoir trouvé à manger ?

– Plutôt mourir.

Kai sourit et s'affala sur une chaise.

J'engloutis presque tout avant de me glisser sous les couvertures. Une douce chaleur émanait de mon ventre et se diffusait dans mon corps, mais la pièce était froide et mes vêtements mouillés n'aidaient pas.

Pendant que je mangeais, Kai avait allumé la télé et commentait un programme avec des adjectifs peu enthousiastes : « nul », « barbant », « terrible », « banal ». Au dixième « inregardable », il se tourna vers moi et remarqua que je tremblais.

– Tu sais, si je pouvais sécher tes vêtements d'une façon ou d'une autre, je le ferais. Je déteste entendre des dents claquer.

– Ne t'en fais pas, ça va.

J'éteignis la lampe, mais il la ralluma dans la foulée.

– Je sais que tu essayes de m'amadouer, mais ça ne fonctionnera pas.

Il éteignit la lampe de chevet, et cette fois, c'est moi qui la rallumai.

– Tu es la personne la plus insupportable que je connaisse.

Je l'entendis soupirer et se débattre avec ses vêtements.

– Tu es en train de faire quoi, là, au juste ?

Dans la pénombre, je le vis retirer son tee-shirt noir et me le lancer sur la tête.

– Jamais de la vie. Tu peux le garder, dis-je d'un ton péremptoire.

En même temps, j'essayais de ne pas laisser mes yeux glisser sur son torse nu pour déchiffrer ses tatouages. Mission plutôt difficile, puisqu'il était allongé par-dessus la couette, les bras croisés sous la tête comme s'il bronzait à la plage.

– À prendre ou à laisser, Jules.

Après avoir pesé le pour et le contre, je décidai de mettre son tee-shirt en gardant mon pantalon. En me changeant dans la salle de bains, je changeai d'avis : je nageais dedans. L'ourlet m'arrivait sous le genou. Une douce odeur de menthe m'enveloppa.

Quant je revins au lit, les yeux de Kai me jugèrent aussi durement qu'une miss pendant un concours de beauté.

– Je ne pensais pas que tu étais si petite et frêle.

– Et toi, tu n'avais pas l'air aussi grand et arrogant, rétorquai-je le sourire aux lèvres.

Ce n'était pas tant que j'appréciais son geste, mais j'étais désormais au sec.

Alors que je m'installais sous les draps rigides et tendus du lit, Kai souleva sa main droite et fixa sa paume. Quelques secondes plus tard, une minuscule tornade de cendres brillantes se forma sur ses doigts, si petite qu'il n'aurait eu besoin que de fermer le poing pour l'éteindre.

– Qu'est-ce que... ?

Kai m'interrompit en chuchotant :

– Chut ! Tu vas lui faire peur si tu parles à voix haute.

Sous mes yeux, la tornade de cendres se transforma en un papillon noir de jais. Chaque fois qu'il battait des ailes, deux nuées de lumière bleuâtre scintillaient dans l'air.

Instinctivement, je remontai la couette jusque sous mon menton : j'étais terrifiée par les papillons depuis mes trois ans.

Mes amis s'étaient toujours moqués de moi, mais ils ne connaissaient pas l'origine de cette peur. J'étais en Grèce avec ma famille, Luke n'était pas encore né et mon père avait eu la brillante idée d'aller visiter la vallée des papillons, près de la ville de Rhodes. Dans mes souvenirs confus d'enfant, des milliards de papillons volaient dans les airs, puis, je ne sais comment, je fus recouverte de ces milliers d'insectes poilus. Colorés, certes, mais aussi moches et grouillants que des vers. Depuis ce jour-là, je partais en courant dès que je voyais un papillon.

Loin de ces considérations, Kai caressait une aile du papillon.

– Tu veux le toucher ?

– Ne t'avise même pas de l'approcher de moi.

Il retint un éclat de rire. Et, enfin, je compris :

– Tu le sais, pas vrai ? Que j'ai peur des papillons ?

C'était impossible qu'il eût choisi cet insecte en particulier sans raison.

Kai murmura quelque chose dans une langue incompréhensible et le papillon s'envola en décrivant de petits huit, des symboles de l'infini.

– Je connais les peurs de chaque être humain. Il me suffit de regarder quelqu'un dans les yeux pour comprendre ses craintes, même les plus profondes. Celle de ton amie Hannah, par exemple, c'est la solitude.

Quand le papillon se posa sur mon genou, je hurlai et me redressai d'un bond, dans un tourbillon de draps et de couvertures, spectacle qui arracha un petit gloussement à Kai.

– Sincèrement, tu es la première personne que je connais qui a peur d'un être aussi petit et inoffensif.

– Tu peux le faire disparaitre ? S'il te plait ?

– *Veni huc, amicus.*

Il avait parlé trop vite pour que j'arrive à traduire, mais j'eus au moins la confirmation que la langue qu'il parlait de temps en temps était du latin. Le papillon battit mollement des ailes vers lui et se posa sur son index.

– Il va surveiller le périmètre cette nuit. Tu devrais le remercier, Jules.

Mon nouveau « protecteur » se rendit à la porte, se transforma de nouveau en tornade de lumière et disparut.

Je m'approchai de la fenêtre, espérant qu'il n'était pas mort : il était bien là, voletant de droite à gauche comme un gardien dans le ciel.

13

La clairière

Quand je rouvris les yeux le lendemain matin, j'avais l'impression d'être en mille morceaux et de ne m'être assoupie qu'une petite minute.

Kai m'avait réveillée en ouvrant les rideaux, inondant la chambre d'une lumière blanche reflétée par la neige.

– Pas besoin de faire entrer autant de lumière, grognai-je.

Trop fatiguée pour me lever, je fixai le plafond quelques secondes. Kai portait son blouson sans tee-shirt et, même si ça me coutait de l'admettre, cela lui allait vraiment bien.

– Dépêche-toi, on est pressés.

Son ton glacial et autoritaire élimina les dernières traces de sommeil. Je me mis debout tel un soldat au garde-à-vous pendant que Kai battait du pied sur la moquette. Je savais parfaitement qu'il n'avait pas dormi, parce que quand je m'étais réveillée après un cauchemar où Luke me demandait pourquoi je ne l'avais pas sauvé, Kai avait les yeux grands ouverts, perdus dans le vide. Il n'avait même pas remarqué que je le regardais, ou ne l'avait pas montré.

Quand je fus habillée et lui eus rendu son tee-shirt, nous quittâmes le motel. Aucune trace du gérant : peut-être dormait-il encore. Kai marchait devant moi à pas rapprochés, comme si quelque chose le rendait nerveux. Nous nous aventurâmes entre les arbres, grimpant la colline, là où la neige nous permettait de passer.

– Tu te souviens où était la voiture ? lui demandai-je.

– Figure-toi que pendant presque six siècles dans ce monde, j'ai appris deux ou trois choses sur le sens de l'orientation.

– Six siècles ?!

Que voulait-il dire par là ? Impossible qu'il eût six cents ans.

– Tu ne fais pas si vieux, tu te portes comme un charme.

Ma remarque visait simplement à le taquiner. Pourtant, son regard me fit comprendre qu'il ne riait pas du tout.

Je marchai derrière lui en me faufilant sous les branches chargées de neige, tout en me demandant ce que je pourrais lui dire, comment lui demander ce qu'ils étaient, lui et son frère. S'ils étaient des monstres ou des héros. Même si j'avais su quoi dire, le moment aurait été mal choisi : Kai était terriblement tendu.

Quand j'entrevis la Range Rover entre les arbres, je poussai un soupir de soulagement. La température était sensiblement la même, mais la neige avait en partie fondu. Je m'assis sur le siège passager sans poser de questions, même si, pendant que Kai faisait chauffer le moteur pour retourner sur la route principale, je ne pouvais pas m'empêcher de me demander si les ombres reviendraient.

Comme s'il avait lu dans mes pensées, Kai finit par parler :

– Les ombres ne devraient pas attaquer pour l'instant. Elles ont besoin de reprendre des forces.

Cela ne me rassura qu'à moitié et je jetai de temps à autre un œil sur le rétroviseur.

– Kai ?

Aucune réponse.

– Quand tu verras un téléphone public, arrête-toi, s'il te plait. Je dois appeler ma mère, ça ne prendra qu'une minute.

La vision de ma mère angoissée par mon absence inattendue m'avait tourmentée pendant des heures, jusqu'à ce que le sommeil l'emporte.

– Désolé, mais on ne peut pas.

– Comment ça, on ne peut pas ?

– Tu es sourde ? Vik nous attend.

– Je m'en fiche que Vik nous attende. J'ai besoin d'appeler ma mère.

Les yeux de Kai ne quittaient pas la route devant nous. Il fit craquer son cou et gémit comme s'il se retenait d'exploser.

– Au cas où tu n'aurais pas remarqué, ce n'est pas une petite balade sympa, Jules. Ne va pas croire qu'on fait ami-ami et que je suis ton chauffeur personnel.

Son ton me donna l'impression d'être la personne qu'il méprisait le plus sur terre, même si je savais que ce n'était pas le cas. Sinon, il m'aurait laissée mourir de faim.

– Je n'ai jamais dit qu'on était amis, dis-je sèchement. J'espérais juste que tu avais un cœur. À l'évidence, j'avais tort.

Le reste du voyage se poursuivit en silence.

La route nous conduisit jusqu'à un passage étroit, dans une descente abrupte. Elle s'enroula autour d'un amas de roche, s'enfonça sous le pont d'une gare abandonnée et s'élança au milieu d'une vallée de chênes. Le manteau tremblant des feuilles, où pointaient les premiers bourgeons du printemps, remplaça l'immobilité glaciale de la neige. Après un trajet qui me parut durer une éternité, mais qui prit moins de trois heures selon l'horloge de la voiture, nous empruntâmes un chemin de terre et Kai s'arrêta. De rares arbres épais entouraient un petit espace d'herbe verte et brillante où se dressaient seulement deux rochers de granit gris.

– Kai ? l'interrogeai-je. Qu'est-ce qu'on fait là ?

– On attend mon frère.

– Pourquoi ?

L'air entre nous était électrique. Kai donnait l'impression de n'avoir qu'une envie : sortir de la voiture et se sauver. Je ne pouvais pas lui en vouloir, c'est ce que je voulais moi aussi. Un faucon survola la cime des arbres. Deux nuages d'un blanc laiteux glissèrent dans le ciel. Un grondement retentit au-dessus de nos têtes et la voiture s'enfonça de quelques centimètres dans le sol, comme si quelqu'un nous était tombé dessus. Ou avait atterri.

Ma respiration s'accéléra :

– C'est encore elles ?

Kai comprit que je parlais des ombres. Il posa une main sur mon épaule et me regarda avec compassion :

– Pire, ma belle. Bien pire.

Un autre coup sur le pare-brise.

Vik nous regardait en souriant. Il avait l'air plus calme que la dernière fois que je l'avais vu, comme si le soleil et la nature environnante l'avaient chargé d'une énergie nouvelle.

Ses cheveux humides étaient ramenés vers l'arrière, il était torse nu et portait un pantalon en peaux d'animaux assemblées qui semblait très lourd. Ses abdominaux parfaitement sculptés luisaient à la lumière du soleil. Si Hannah l'avait vu, elle aurait affirmé que Brad Pitt ne lui arrivait pas à la cheville.

Kai, armé de son fidèle sceptre, descendit de la voiture en soupirant bruyamment pour se plaindre.

– Je déteste conduire. Je préférais les chevaux.

Vik lui donna une claque dans le dos, peut-être un peu trop forte, car son frère recula de quelques centimètres en se massant l'épaule. Je me tins en retrait, craignant de subir le même traitement, mais Vik se contenta de me regarder. Je me sentis gênée, comme si je devais lui rendre compte de ma tenue, ce qui était stupide puisque j'avais été littéralement enlevée et emmenée au milieu de nulle part.

– Tu fais quoi, Jules ? Tu descends ou tu restes là ?

Je pris une grande inspiration et ouvris la portière. Vik m'indiqua l'autre côté de la clairière.

– Il y a une tente un peu plus loin, avec des vêtements propres et de quoi te laver. Attends-moi là-bas.

J'acquiesçai et scrutai Kai, m'attendant à ce qu'il vienne avec moi, ou qu'il me dise au moins quelque chose, mais il ne fit pas mine de bouger. Vik nota mon hésitation, s'empressant de préciser :

– Ne t'en fais pas pour lui. Il ne te dérangera plus.

De mon côté, même si j'étais soulagée, j'étais encore plus mal à l'aise à l'idée de rester seule avec Vik, un parfait inconnu.

– Je ne comprends pas, dis-je en me frottant les mains.

Kai fixa mes chaussures, puis son regard remonta vers mon jean et mon pull, jusqu'à mes yeux.

– Je reste dans les parages. Si tu as besoin de moi, tu sais comment me trouver.

Je n'en avais pas la moindre idée, en fait, mais qu'est-ce que je pouvais bien y faire ?

– Ce ne sera pas la peine, conclus-je avec orgueil.

Je me dirigeai vers la tache kaki entre les arbres, sûrement la tente. Derrière moi, les deux frères parlaient, l'un énervé et sec, l'autre calme et détendu.

– Pendant que tu étais en train de pêcher et de bronzer, on a failli…

– Je sais, frérot, je sais. L'important, c'est qu'elle soit là, maintenant. Et toi aussi.

Je n'entendis pas la suite. Je me trouvais maintenant devant la tente et je reconnus celle de la dernière fois. J'entendis un doux clapotis provenir d'un peu plus loin. Je décidai de prendre des vêtements propres avant d'aller voir si le ruisseau était assez profond pour que je m'y baigne.

Dans la tente, tout était identique. Le fait qu'il n'y ait qu'un lit à une place me rassurait : je ne la partagerais avec aucun des deux frères. Sur la table, cette fois, à la place des cartes et des couteaux, il y avait une pile de vêtements, du gel douche, une brosse à dents et du dentifrice.

Pendant que j'admirais le débardeur blanc, ravie qu'il soit à ma taille, j'entendis qu'on ouvrait la fermeture de la tente.

Vik n'y entrait pas debout : sa taille le contraignait à rester plié, comme un superhéros sur le point de sauter. Je n'avais plus de doute quant au fait que ni lui ni Kai n'étaient humains, mais de sa présence émanait une douce chaleur et une certaine sérénité. Il portait un pendentif en forme d'aigle autour du cou.

– Je ne suis pas un expert en mode féminine, se justifia-t-il avec une expression presque timide, c'est la vendeuse qui m'a aidé.

L'image d'un homme aussi grand et tape-à-l'œil que lui dans une boutique de prêt-à-porter me fit sourire. C'était une scène digne des comédies romantiques.

– C'est parfait, ne t'en fais pas.

– Je sais que tu as plein de questions. Je vais y répondre au fur et à mesure. Mais en échange, tu dois faire quelque chose pour moi.

Je reculai machinalement d'un pas. Même si le ton de sa voix inspirait confiance, je ne le connaissais pas. Je ne savais pas quel genre d'homme c'était. Il comprit qu'il m'avait mise mal à l'aise et s'éloigna, risquant d'emporter la tente avec lui.

– Ce n'est pas ce que tu crois, balbutia-t-il. J'aimerais que tu me fasses confiance. On parlera ce soir.

Il s'apprêtait à sortir de la tente, mais je le retins pour lui demander ce qui me tenait le plus à cœur :

– Est-ce que je peux appeler ma mère ?

Vik sembla y réfléchir, puis il sortit de sa poche un téléphone à clapet. Un modèle qui datait d'au moins quinze ans.

– L'appeler serait trop dangereux. Mais tu peux lui envoyer un message.

Je fus tellement reconnaissante de cette petite concession que je faillis lui sauter au cou pour le remercier, mais je me souvins rapidement qu'il était au moins en partie responsable de cet éloignement.

J'attendis qu'il soit sorti pour ouvrir le téléphone. Après quelques tâtonnements, je réussis à comprendre comment s'envoyaient les SMS sur cette machine préhistorique. En composant le numéro, je me demandai comment Vik arrivait à appuyer sur des touches aussi petites avec ses mains deux fois plus grandes que les miennes. Je devais choisir mes mots avec soin. Je rassemblai mon courage et, la sueur perlant sur mon front, j'écrivis : « Maman, je suis en danger. Je ne sais pas où je suis, mais la police devrait réussir à me localiser… »

Je m'arrêtai, en repensant aux ombres. À Kai qui, d'un simple geste, avait réussi à faire ployer des dizaines d'arbres vieux de plusieurs siècles. Je ne pouvais pas prendre le risque de mettre ma famille en danger. J'effaçai le message, puis repris : « Coucou maman, c'est Jules. Je t'écris avec le téléphone d'un ami. Je sais que je n'étais pas joignable dernièrement, j'ai eu beaucoup de choses à faire et mon téléphone est cassé, j'en rachèterai un bientôt. Je vais rester un peu chez Hannah, on a enfin fait la paix. Quand j'irai mieux, je viendrai vous voir. Je vous aime. Jules. »

Envoyé.

J'allais refermer le clapet quand j'eus l'idée de fouiller le téléphone, pour voir si je pouvais trouver quelque chose d'intéressant. Mais il n'y avait rien. Aucun contact, pas de photo ni de vidéo. Seulement le journal des appels, vers et depuis un numéro non enregistré. Kai, sans aucun doute.

Je sortis de la tente. Des bruits provenaient de l'arrière : c'était Vik, qui disposait une série d'objets sur une grande table de vieux bois. Je reconnus un arc, une épée, un couteau, une hache et un fouet.

– À quoi ça sert, tout ça ? questionnai-je, interdite.

– C'est pour nous défendre contre les monstres que tu as rencontrés.

– Et pourquoi pas un pistolet ou un fusil ?

Vik sourit, il me rappela mon père quand je lui demandais pourquoi on ne pouvait pas tout simplement « imprimer plus de billets de banque » pour résoudre le problème de la faim dans le monde.

– Un fusil ne chatouillerait même pas ces choses. La pointe des flèches, la lame de l'épée et les autres armes que tu vois sont imprégnées des cendres de Kai. C'est la seule chose qui les ralentit.

– Et pour les tuer ?

Le visage du jeune homme s'assombrit.

– On ne peut pas les tuer, Jules. Elles sont déjà mortes. À vrai dire, elles *représentent* la mort.

14

L'être le plus détestable

Après cette joyeuse conversation avec Vik, pendant laquelle je décidai de ne pas chercher à déterminer dans quel type de pétrin je m'étais fourrée avant de m'être calmée un minimum, je me fis indiquer le chemin du ruisseau. Une centaine de mètres plus loin, je trouvai une splendide cascade.

L'eau était si limpide qu'on pouvait distinguer chaque caillou sur le fond. Je restai en sous-vêtements, puis trempai un pied dans l'eau pour tester la température. Elle était très froide ; elle devait provenir directement des cimes enneigées que Kai et moi avions laissées derrière nous, mais j'avais besoin de me laver.

J'enfonçai un pied, puis l'autre, et attendis de m'habituer petit à petit avant de plonger la tête sous la chute d'eau qui se fracassait sur les rochers. Elle était gelée mais purifiante et je ressentis une sensation de bien-être jamais égalée : dans ma vie normale de citadine, je n'avais jamais autant été en harmonie avec la nature.

Quand je sortis de l'eau, je trouvai un carré d'herbe chauffé par le soleil et m'y étendis. Mes cheveux courts, oscillant sous la brise printanière, séchaient déjà.

Je ne saurais dire combien de temps je restai ainsi, mais ce bref moment de paix fit disparaitre tous mes problèmes. Quand le soleil se cacha derrière la cime des arbres, je me rhabillai puis retournai vers la tente.

Dès que je vis que Vik avait retiré les armes de la table pour y dresser un petit banquet, mon estomac gargouilla.

– Tu as faim, hein ? me dit-il en m'invitant à m'assoir sur une des deux souches qui servaient de sièges.

– Tu n'as pas idée !

Dans l'air flottait une odeur de feu de camp qu'on vient d'éteindre et de poisson grillé. C'était bien le menu : truite et pommes de terre en papillotes, qui avaient encore le gout des cendres.

Je fixai un instant le poisson. Même si je mourais de faim, l'idée d'ingérer le cadavre d'un animal qui, quelques instants auparavant, frétillait gaiement me donna la nausée.

Vik me tendit une assiette de salade.

– Je sais à quoi tu penses. Mais c'est la nature, Jules. L'être humain agit parfois horriblement pour rester en vie. Mais je suis sûr que si cette truite était affamée et avait la possibilité de te tuer et de te manger, elle le ferait.

– Si le but était de me rassurer, tu devrais encore travailler ton discours...

Vik rit et coinça derrière son oreille une tresse blonde qui lui retombait sur le visage. Autour de nous, les oiseaux chantaient en continu, l'herbe m'arrivait à la cheville.

– Tu te souviens quand je t'ai dit que j'aimerais que tu fasses quelque chose pour moi ? me demanda-t-il.

J'acquiesçai distraitement en mordant dans une pomme de terre. La nourriture constituait ma seule et unique pensée du moment.

– Demain, il faudra que tu choisisses une des armes que tu as vues sur la table, et je t'enseignerai à l'utiliser pour te défendre. Ces ombres n'arrêteront jamais de te chercher. Tu dois être prête. Ce n'est qu'une question de temps avant qu'elles trouvent notre campement.

Il s'en fallut de peu que je n'avale de travers.

– Pourquoi ? protestai-je. Pourquoi moi ? Qu'est-ce que j'ai fait de mal ? Et surtout, vous êtes qui, tous les deux ?

J'avais haussé le ton plus que de mesure, mais la colère qui me consumait était trop grande.

Vik se mordit les lèvres et regarda vers le ciel, comme s'il voulait lui demander conseil :

– J'ai une idée.

– Quoi ?

– Demain matin, réveil à l'aube, je t'apprends à te battre. À la fin de ton entrainement, je répondrai à certaines de tes questions.

– C'est du chantage ?

Vik me fit un clin d'œil et but une gorgée d'eau.

– Je dirai plutôt que c'est un encouragement. Qu'est-ce que tu en dis ?

Après lui avoir serré la main ironiquement, je reportai mon attention sur le repas.

Pendant le reste du diner, je lui racontai en détail la rencontre avec les ombres. J'évitai de lui parler de ma tentative de fuite, parce que je ne voulais pas qu'il s'énerve.

Quand je mentionnai Luke, Vik hocha la tête, pensif.

– Les ombres peuvent prendre l'apparence des personnes décédées. Souviens-t'en, pour la suite.

Après le repas, je décidai de rentrer dans la tente. Pendant que je bataillais avec la fermeture, j'essayai de voir où allait Vik, étant donné qu'il n'avait aucun lit pour dormir, mais en un clin d'œil, il avait disparu. Si Kai ne dormait pas, j'avais toutes les raisons de croire que Vik non plus n'en avait pas besoin.

Même si j'étais physiquement seule dans ma nouvelle « maison », je savais qu'on m'observait. Qu'il s'agît de Vik, de Kai, ou de créatures encore plus dangereuses.

Je m'installai sous les couvertures. Le coussin était tellement dur que j'aurais pu m'en servir comme planche à découper, mais je m'en accommodai. Je n'avais de toute façon pas le choix.

Avant de fermer les yeux, je me demandai si ma mère avait répondu au message que j'avais envoyé avec le téléphone de Vik.

Elle me connaissait par cœur, elle avait peut-être compris que quelque chose clochait. Ou bien elle m'avait crue dans le seul but de se persuader que j'allais bien. Je ne savais pas ce que je préférais. Une part de moi espérait être sauvée de cette situation horrible, mais une autre sentait que j'avais un rôle à jouer dans quelque chose de plus grand, que je n'imaginais même pas, et j'étais curieuse de découvrir de quoi il retournait.

Je m'endormis avec ces pensées et des images d'ombres qui se camouflaient dans le noir.

Un seau d'eau glacée me fit bondir sur les genoux.

– Hé ! criai-je en secouant mes cheveux trempés.

Vik se tenait debout, le seau dans une main, l'autre couvrant sa bouche pour ne pas rire.

– Désolé, je pensais que ça te ferait plaisir.

– Qui aimerait être réveillé par de l'eau glacée le matin, sérieusement !?

Il s'approcha et effleura ma joue pour essuyer une goutte avant qu'elle ne tombe.

– Je t'attends dehors.

J'inspirai *très* profondément pour ne pas l'envoyer balader, et me levai.

Le débardeur collait à ma peau, mais à en juger par la chaleur qui filtrait par l'ouverture de la tente, il sécherait en quelques minutes. Je sortis de mon refuge et trouvai Vik qui s'étirait. Je cherchai Kai du regard, mais Vik et moi étions seuls.

– Alors, tu es prête ?

– Je crois que je vais vomir.

– Parfait ! Allez, suis-moi.

Vik se tourna, attrapa un sac en cuir et se dirigea vers le bois.

– Et les armes… ? Je pensais que je devais apprendre à me battre.

– Ce matin, on se bat à mains nues. Tu es plus légère qu'une flèche, tu ne peux pas me réclamer de tirer à l'arc.

C'est ainsi que cinq minutes plus tard, je marchais dans les bois, en utilisant une branche pour me frayer un passage et suivre les grandes enjambées de Vik.

De temps en temps, je sentais des bruissements entre les arbres, mais il me rassurait : ce n'était que des oiseaux ou des serpents. Comme si je devais considérer que les serpents n'étaient pas un danger.

En réalité, ce qui faillit m'anéantir ce jour-là, ce fut l'entrainement massacrant concocté par Vik : squat, pompes, escalade, soulèvement de pierres et de troncs… Des exercices fatigants que je n'avais jamais effectués, mais qui semblaient étudiés par un coach particulier qui me connaissait depuis toujours. À la mi-journée, Vik sortit de son sac les restes du diner de la veille et je pus avaler quelque chose. On poursuivit avec une heure de randonnée et de nouveaux exercices.

– À ce rythme, les ombres peuvent bien arriver, je ne me réveillerai pas.

– Malheureusement, on n'a pas le temps de faire du Pilates deux fois par semaine.

Vik esquissa un demi-sourire et me montra un autre tronc à soulever. À la fin, quand je craignais de m'évanouir sur place, il déclara la journée terminée et me proposa de rentrer au campement.

J'étais perplexe : je ne l'avais rien vu faire de surnaturel de toute la journée.

– Maintenant, mes questions. Quels sont tes pouvoirs ? À part prendre l'apparence de mes amis, bien sûr.

Je ne voyais pas l'expression de Vik, mais la façon dont il se passa la main dans les cheveux m'apprit que parler de ce sujet ne lui plaisait pas particulièrement.

– Qu'est-ce que tu veux dire par là ?

– Eh bien, ton frère a réussi à chasser les ombres avec son bâton et il connait les peurs des gens. Tu sais faire autre chose que te transformer en Gabriel et être… rapide ?

Vik s'immobilisa.

– Ce n'est pas un jeu, Jules. Kai t'a dit ce que nous sommes ?

– Non.

– Quel est l'être le plus détestable, manipulateur, perfide et mesquin qui existe sur cette Terre ?

Une série de noms défilèrent dans ma tête, pendant que Vik me regardait d'un air tendu. Derrière lui, un écureuil grimpa sur une branche, me regardant, le museau frémissant, essayant de me communiquer une idée. Parmi toutes les créatures auxquelles je pensais, l'une sortait du lot.

– Lucifer… ?

Vik souleva mon menton et remit délicatement une mèche derrière mon oreille.

– Exactement, Jules. Kai et moi sommes les fils du diable.

J'essayai de me retenir d'éclater de rire, mais un glapissement m'échappa quand même. Vik gardait son air sérieux. Alors, en admirant ses traits parfaits, je compris. C'était le garçon le plus beau que j'eusse jamais vu, beau comme un ange. Et les diables n'étaient rien d'autre que des anges déchus. Lucifer était le plus célèbre.

Je reculai, tâtonnant derrière moi pour éviter de trébucher sur un arbre.

– Attends ! Tu n'as pas à avoir peur. Si nous avions voulu te faire du mal, on l'aurait déjà fait.

Il tenta de me retenir, mais je n'entendais sa voix que de loin. Je n'avais plus qu'une idée en tête : fuir.

Je me mis à courir sans réfléchir, mais je me retrouvai devant lui après quelques secondes, comme s'il s'était téléporté. Je fonçai dans la direction opposée, mais c'était inutile : chaque fois, il réapparaissait devant moi.

– N'aie pas peur, je t'en prie, susurra-t-il en tendant une main vers moi.

Je le frappai de toutes mes forces, martelant son torse dur comme de la pierre. Il ne manifesta aucune douleur ; mes coups ne le dérangeaient pas plus que des feuilles qui tombaient à la surface d'un lac.

À la nervosité, la peur et la fatigue succédèrent les larmes. J'étais épuisée et tout me semblait si absurde… Il me prit dans ses bras, me caressant la tête pendant que je continuais à pleurer contre lui.

– Tout va bien, me disait-il, tout va bien.

– Je veux rentrer à la maison…

– On va y aller, promis. Maintenant, on va retourner à la tente avant qu'il ne soit trop tard.

J'essuyai mes larmes du dos de la main et le suivis à travers les bois.

Ce soir-là, comme promis, il répondit à d'autres questions. En allumant un feu dans un cercle de pierres, il commença son récit.

L’enfer

L’enfer n’est pas le règne des tortures, du feu, du vertige des oublis, des étourdissements violents. L’enfer est le monde de la lucidité. C’est le crime véritable contre la paix, le sang qui coule d’une alliance fraternelle rompue, les éclats de violence, les cris paraphrasés du mal.
Le diable n’est pas votre ange biblique rebelle, c’est le mal à l’état pur, et le mal est né avant chaque cellule maligne. Qu’est-ce que vous cherchez, en bas ? L’origine de vos peurs humaines ?
Mesdames, messieurs, venez et creusez : vous trouverez les voix que vous entendez déjà dans vos têtes.
La voix du diable s’incline devant les ombres. Les passeurs d’âmes s’inclinent devant le diable.
Et dans ce cercle de révérences dévouées, vous ne verrez que les jambes écartelées des fidèles.
De même que le diable se détruit face à ses ombres, l’humain se détruit en présence de ses tourments.

Sara Cassandra

15

Descente aux enfers

Vik

Tout avait commencé presque six cents ans plus tôt, dans un monde où les journées ne se mesuraient pas en heures ou en minutes, où le ciel était fait de roches et où les nuages s'apparentaient à des stalactites vieilles de millions d'années.

D'ordinaire, quand les ombres venaient faire leur rapport à notre père sur les âmes arrivant dans l'au-delà, Kai, mes autres frères et moi nous mettions au travail.

Nous étions les passeurs : nous portions les âmes des morts dans des champs où ils passeraient le reste de l'éternité. Nous ne connaissions ni la faim ni la fatigue. Pour nous, tous les jours se ressemblaient. Un cercle infini impossible à briser.

Bien que Kai et moi eussions la même mère, contrairement à nos autres demi-frères, nous étions de parfaits opposés. Pour moi, le travail n'était pas facile et ne l'avait jamais été. Souvent, les âmes se rebellaient, hurlaient, certaines tentaient de s'enfuir. Ça m'était insupportable. Mon frère aimait que les âmes implorent sa pitié ; il se sentait puissant.

Il méprisait les êtres du monde d'en haut parce qu'ils étaient faibles, esclaves de leurs émotions et prisonniers d'une société qu'ils avaient eux-mêmes créée.

Il était tellement doué dans son rôle de passeur que mon père lui avait un jour offert un sceptre avec un manche en bois rare qui représentait une harpie. Il ne s'en était jamais séparé depuis.

Ce jour-là, la chaleur étouffante qui dominait chaque instant de mon existence était tellement atroce que je décidai d'ajourner mes obligations quotidiennes et de me consacrer à l'étude.

La bibliothèque de mon père était immense, à tel point qu'on ne pouvait en voir le bout. On racontait que tous ces livres étaient arrivés là parce que dans le monde « d'en haut », comme je l'appelais, les personnes les brulaient ou les jetaient. Il s'agissait en bonne partie de traités philosophiques ou de poésie. J'aurais pu me perdre entre ces étagères.

Tout changea alors que je lisais *L'art de la guerre* de Sun Tzu : « Qui connait l'autre et se connait lui-même peut livrer cent batailles sans jamais être en péril. Qui ne connait pas l'autre mais se connait lui-même, pour chaque victoire connaitra une défaite. Qui ne connait ni l'autre ni lui-même perdra inéluctablement toutes les batailles. »

J'entendis des hurlements, ce qui, en bas, n'était pas inhabituel. C'était même la bande-son de ma misérable existence. Mais cette fois, le grondement était si puissant qu'il provoquait des tremblements de terre et des déluges même dans le monde d'en haut.

Lucifer.

Quand je lus la Bible, des années plus tard, je découvris que Lucifer était décrit comme un ange tombé du ciel, devenu le prince des ténèbres après s'être rebellé contre Dieu. Mais, de ce que je pouvais voir, mon père n'avait jamais été un ange tombé du ciel. Il incarnait le mal à l'état pur, et le mal existait bien avant que la première cellule vivante se forme sur la planète. Il était rare de le rencontrer, et quand nous étions en sa présence, il nous était interdit de le regarder dans les yeux. Une des rares choses que j'avais pu voir, obligé de fixer le sol, c'était ses vêtements, longs et somptueux. On murmurait qu'ils étaient tissés de milliers d'âmes humaines, mais ce n'était qu'une légende selon Kai. D'autres, comme mon frère Baruth, disaient que les vêtements avaient été créés avec la cendre de la Terre, avant que les humains n'en foulent le sol pour la première fois.

Mes frères et moi accourûmes à l'épicentre de notre monde où résidait notre père.

La cause de sa colère n'était autre que Kai. Mon frère était agenouillé, appuyé à son sceptre, au centre de la pièce.

– Vous ne pouvez pas la prendre, disait-il. C'est ma mère ! Je ne vous le permettrai pas !

La voix de Kai résonnait dans le hall immense, tandis que mes autres frères et moi, agenouillés nous aussi, gardions les yeux baissés sur le sol noir, de peur de croiser le regard de notre père.

Baruth et Chelindros tremblaient, compatissants. Chargés de confectionner les illusions pour les âmes perdues, ils étaient dévoués à leur travail. Mais quand l'âme de leur mère avait été déportée, ils n'avaient rien pu faire pour l'empêcher.

Notre père répondit d'un rire tellement féroce qu'il fit frissonner jusqu'au pire monstre du royaume souterrain. Les mers et le ciel, dans le monde d'en haut, devaient être en proie à une féroce tempête.

– Laissez-la ! parvint à crier Kai, avant que notre père ne se décide à le faire taire.

– Ça suffit, tonna Lucifer. L'époque de ta mère est révolue.

Kai serra les poings de colère. Notre mère avait signé ce que vous, humains, appelez un pacte avec le diable, et le moment était venu d'en payer le prix. Notre père poursuivit d'une voix qui n'admettait aucune objection :

– Il est temps que son âme rejoigne ses sœurs dans l'oubli.

Une sentence de mort dont personne ne pouvait réchapper. Mais Kai y répondit :

– Non !

Il frappa le sol de son bâton, se relevant lentement, jusqu'à se tenir droit.

J'écarquillai les yeux, effrayé du sort qui attendait mon frère cadet. Ce qu'il venait de faire représentait un affront impardonnable.

Le sol tremblait. Je sentais le murmure de mes nombreux demi-frères, agenouillés derrière moi, qui condamnaient le comportement de Kai. Je frissonnai pour son destin, mais je savais que mon frère n'avait peur de rien.

Une fissure se forma sous les pieds nus de Kai.

À ce moment, je sus que c'était le début de la fin.

– Très bien, mon fils. Je t'accorderai ce que tu veux. Tu pourras rester avec ta mère adorée...

Il marqua une longue pause avant de terminer sa phrase :

– Dans l'oubli.

Kai n'eut pas le temps de crier que déjà la fissure s'élargit, créant un tourbillon sans fond. Une chute infinie. Le néant absolu est le pire endroit pour une âme. Là-bas, on n'est ni mort ni vivant, on n'est simplement *rien*. Et quand on n'est rien, on nous oublie rapidement.

Kai chuta, mais s'agrippa de justesse à une excroissance rocheuse. Du sang coula le long de son bras.

Je savais que ce n'était qu'une question de secondes avant que ses doigts ne lâchent et qu'il soit précipité dans le vide.

Nous étions certes bien différents, mais je ne pouvais abandonner mon frère à un tel sort.

Alors je me lançai à son secours, parfaitement conscient que ce geste, plus qu'un sauvetage, était un suicide.

La main de Kai glissa ; je réussis à l'attraper au vol.

Son regard était indéchiffrable. Les veines de ses muscles semblaient prêtes à exploser sous l'effort.

– Non, Vik ! Laisse-moi !

Il se démena pour se libérer de ma prise, mais je ne lui laissai pas le choix. J'étais désormais aussi condamné que lui, je ne pouvais pas changer d'avis.

Derrière moi, j'entendis le rire gras de mon père, mais je n'avais pas peur. La peur est une faiblesse, et mon frère et moi n'étions pas nés pour éprouver de tels sentiments.

La colère était la seule émotion que notre père nous avait transmise.

– Il est trop tard pour moi aussi, accepte mon aide.

Dans ses pupilles, je voyais la terrible bataille qu'il menait : l'orgueil ou la mort.

Quand Kai s'arcbouta pour se sortir de l'oubli, mon bras était sali de son sang : nous étions unis comme nous ne l'avions jamais été durant nos milliers d'années d'existence.

Mon frère posa les pieds à terre et me serra le bras en guise de remerciement :

– Tu sais ce qu'il nous reste à faire.

J'acquiesçai lourdement, sachant pertinemment que nous étions sur le point de violer l'unique loi sacrée qui nous avait été imposée dès la naissance.

Nous nous retournâmes et fîmes face à notre père.

Ce que je vis était comparable à rien de ce que j'avais connu jusqu'alors. Aucun mot n'existe pour décrire le diable, car ils n'ont pas été inventés.

– Comment osez-vous ?

Sa voix s'abattit sur nous et le sol trembla de nouveau avec une telle force que je crus que le monde allait s'écrouler. Des stalactites vieilles comme la Terre s'effritèrent en une nuée scintillante. Mes frères se dispersèrent, terrorisés, mais Kai et moi ne bougeâmes pas d'un pouce.

– Agenouillez-vous, sales bâtards !

Une force invisible s'emparait de nos membres. Nos jambes tremblaient, nous contraignant à plier les genoux, mais nous résistâmes de toutes nos forces. Nous étions sur le point de céder quand nous entendîmes les sept mots qui allaient changer notre vie pour toujours.

– Vous êtes faibles, exactement comme votre mère.

Pour toute réponse, Kai laissa échapper un cri d'une puissance extraordinaire ; ce que tout le monde pensait inimaginable était en train de se produire.

Mon frère et moi étions capables de résister à la pression qui nous écrasait au sol. Lentement, nous nous levâmes et redressâmes la tête pour regarder ces yeux interdits.

Ce fut à cet instant que notre père et moi comprîmes ce que Kai avait peut-être déjà perçu : ensemble, mon frère et moi, nous étions plus forts que lui. Ses yeux, si on pouvait appeler ça ainsi, étaient à la fois furieux et incrédules.

Les harpies descendirent en piqué vers nous avec leur corps à moitié femme, à moitié oiseau, leurs serres en avant, prêtes à asséner des coups mortels. Mais lorsque l'une d'elles s'approcha de moi, je lui décochai un coup si puissant qu'elle vola contre le plafond, le fissurant.

Mon énergie avait toujours été mon point fort, tout comme ma capacité de transformation. Kai me taquinait en disant que c'était un pouvoir inutile par rapport au sien. Pourtant, mon père avait envisagé de tuer mon jeune frère à sa naissance. Il disait que c'était un enfant « prématuré » et qu'il aurait peu d'énergie pour travailler. Heureusement, ma mère s'était interposée et avait hurlé que s'il tuait son deuxième fils, il lui faudrait aussi se débarrasser d'elle.

Kai n'était pas particulièrement habile au corps à corps, mais il avait un esprit plus élevé que la moyenne. Une intelligence instinctive, qui avait peu à voir avec les connaissances et les livres, mais qui ne manquait pas de m'étonner et de m'émerveiller. Cela n'avait pas suffi à notre père, d'où son cadeau, car le sceptre contenait des pouvoirs qui le rendraient plus fort.

Il ne se doutait pas qu'un jour ce présent se retournerait contre lui.

Dos à dos, Kai et moi tenions tête aux rapaces. Moi à mains nues et lui au bâton, avec une dextérité et une rapidité extrêmes. Quand la dernière harpie tomba, vaincue, nous étions pleins d'énergie et de rage accumulée dans nos cœurs pendant des milliers d'années.

Les créatures qui protégeaient Lucifer étaient vaincues, notre père se leva donc de son trône. Un trône fait d'os, de cendres et de lave pure.

Nous comprîmes alors que notre destin était scellé.

La bataille ne faisait que commencer.

16

Au milieu de la nuit

Chaque mot prononcé par Vik m'entrainait dans les siècles passés. Je ne me trouvais plus dans les bois au milieu de nulle part, mais à des kilomètres et des kilomètres sous terre. Ses qualités de conteur étaient vraiment surprenantes.

– Et après, comment ça s'est terminé ?

– Je te le dirai quand tu auras appris à manier ton arme. C'est tout pour l'instant !

– J'ai l'impression que je devrais être terrorisée, mais une part de moi vous imagine dans ce monde terrible, vivant dans une existence que je ne souhaiterais pas à mon pire ennemi.

Vik sourit en regardant autour de lui, comme s'il essayait de se rappeler comment était sa vie avant.

– Tu ne dois pas nous plaindre, Jules. Cette vie, c'était la seule réalité que nous connaissions.

Le ciel au-dessus de nous était un tapis d'étoiles. Elles aussi avaient certainement écouté l'histoire de Vik, et tentaient de le consoler en brillant plus fort.

– Je ne veux pas choisir d'arme, mon petit couteau me plait.

Je vérifiai qu'il était bien dans ma poche. Vik me regarda surpris, et murmura :

– Kai ne sera pas d'accord…

– Je me fiche de ce qu'il pense. Je ne suis pas assez forte pour me servir d'une arme plus lourde.

– Tu n'as pas tort. Je vais t'enseigner les coups les plus simples. Et Kai et moi sommes là pour te protéger, c'est notre devoir : on fera en sorte que tu n'aies pas à te défendre toute seule.

Toute seule. Ces mots résonnèrent dans mon cerveau. La brise tiède qui soulevait mes cheveux me donnait l'impression d'être encore plus en décalage avec le monde.

Je me levai pour entrer dans la tente. Vik resta assis sur le tronc d'arbre et joua avec les braises du bout d'une branche.

J'étais certainement devenue folle, mais après ce qu'il m'avait raconté, je n'avais pas envie d'être loin de lui, au contraire : je sentais qu'il saurait comment me protéger si les ombres arrivaient.

En pensant aux ombres, je me posai une autre question :

– Tu as dit que les ombres emmènent les âmes dans l'au-delà, c'est ça ?

C'était le passage de l'histoire de Vik qui avait le plus attiré mon attention.

Il acquiesça, comprenant peut-être déjà où je voulais en venir.

– Alors pourquoi s'en prennent-elles à moi ? Je ne suis pas morte.

Vik se contenta de fixer le feu qui crépitait, comme s'il attendait que les flammes me répondent à sa place.

J'attendis patiemment une réponse, qui n'arriva pas.

– Allô ? La Terre appelle le géant aux cheveux blonds ?

J'agitais la main devant son visage, sans qu'il réagisse. Je m'assis devant lui et essayai même de lui faire une grimace, en proie au désespoir.

Finalement, je dus accepter le fait que Vik était perdu dans son monde et retournai dans ma tente, découragée.

Je m'allongeai sur le matelas sans pouvoir fermer l'œil. Mon esprit était obnubilé par une question : pourquoi moi ?

Une heure passa sans que je trouve le sommeil. Je me tournais encore dans mon lit quand une lueur bleutée attira mon attention.

Par la fente de la tente, le papillon noir de Kai fit son entrée en voletant et se posa au pied de mon lit.

– Salut, toi.

J'avais parlé à voix basse, en observant ses ailes de cendres qui s'écartaient lentement. Il ne me faisait plus peur et ne me dégoutait plus. Pour toute réponse, le papillon prit son envol et sortit de la tente, m'invitant à le suivre. Sans enfiler mes chaussures, je m'assis et jetai un œil à l'extérieur : aucune trace de Vik.

Le papillon noir m'attendait à la lisière de la forêt. La lumière de la pleine lune me permettait de distinguer le sentier qui s'enfonçait dans les bois.

Dès qu'il vit que je le regardais, le papillon reprit sa course. Je le suivis dans l'obscurité, jusqu'à ce qu'il disparaisse dans le noir.

Je sursautai en entendant la voix de Kai derrière moi :

– Ta peur a changé, à ce que je vois.

Il était assis sur une branche, ses jambes se balançaient dans le vide. Il portait un pantalon en cuir, et un petit foulard noir qui lui servait à garder ses cheveux attachés.

– Qu'est-ce que tu fais ici ?

D'un bond gracieux, il atterrit tranquillement sur l'herbe.

– Je suis toujours ici. Je surveille la zone nuit et jour.

Je l'étudiai, essayant de l'imaginer face à Lucifer, agenouillé, en train de défendre sa mère.

– Parfait, répondis-je enfin. Je retourne dormir, c'était une longue journée.

Je ne savais pas ce que je m'attendais à découvrir en suivant le papillon dans les bois, mais je n'avais certainement pas envie de rester avec Kai à cette heure-là de la nuit.

Je m'apprêtais à faire demi-tour quand il me retint par le poignet. Il posa ses lèvres contre mon oreille :

– Si tu parles de moi ou de Vik à quelqu'un, tes parents n'auront pas une meilleure fin que ton frère. Tu verras ta famille mourir et ensuite, je t'offrirai aux ombres. Tu as compris ?

Son ton glacial me donna la nausée et je tirai de toutes mes forces pour me libérer de sa prise. J'essayai de lui décocher un coup de poing qu'il esquiva facilement. Je voulais utiliser mon couteau, mais je l'avais laissé dans la tente. Quelle idiote !

Le regard haineux que je décochai à Kai fut tel qu'il serra les poings de colère, s'enfonçant les ongles dans ses paumes jusqu'au sang. Je frappai son torse de mon index et pris une voix menaçante :

– Je t'interdis de parler de mon frère ou de mes parents.

Kai regarda d'abord mon doigt, puis releva la tête et croisa mon regard :

– Sinon quoi ? Tu vas me frapper ?

– Espèce de sale…

Il ne me laissa pas le temps de finir ma phrase :

– Mon frère ne t'a pas dit pourquoi les ombres te cherchent, pas vrai ?

Mes mots moururent sur mes lèvres.

– Il ne…

Kai sourit, comme s'il allait me raconter l'histoire la plus drôle du monde :

– C'est très simple, Jules. Parce que tu devais mourir.

J'ouvris les yeux d'un coup, le souffle court, ce qui me fit presque rouler du matelas. J'essuyai la sueur sur mon front du dos de la main et tentai de ralentir ma respiration sifflante.

Est-ce que c'était un rêve ? Dans ce cas, il était extrêmement réaliste… J'avais un bleu sur le poignet, comme si quelqu'un m'avait serré très fort le bras. Les toiles de la tente claquaient, telles les voiles d'un navire en pleine tempête. Le vent grondait comme quand le ciel se prépare à accueillir un orage.

Je me levai d'un bond et me précipitai hors de la tente, sans même me chausser.

Je ne savais pas si la confrontation avec Kai au milieu des arbres avait vraiment eu lieu, mais le raisonnement tenait debout : les ombres me cherchaient parce que je devais mourir. Personne n'échappe à son destin.

Vik taillait une branche avec la lame de son couteau, à la lueur des braises. Il n'avait pas idée de la tornade d'émotions qui se déchainait en moi. Je parlai fort pour me faire entendre malgré le vent, la bouche sèche :

– Qu'est-ce que ça veut dire, que je *devais* mourir ?

Le mouvement du couteau s'arrêta. Vik s'approcha précautionneusement de moi, comme s'il avait peur que j'explose d'une minute à l'autre.

– Jules, calme-toi, respire…

– Non ! Je ne veux pas me calmer ! criai-je. Vous continuez à me cacher des choses, mais je ne suis plus une enfant. Ça suffit, maintenant !

Une colère sourde montait de mes entrailles. Encore une fois, je désirais plus que tout que Vik et Kai n'existent pas. Ma vie avait déjà volé en éclats une première fois.

– Très bien. Tu préfères continuer à ne rien me dire, eh bien je m'en vais. Je sais me débrouiller toute seule, je n'ai pas besoin de ton aide et encore moins de celle de ton frère.

Je retournai dans la tente pour rassembler mes affaires, ignorant les larmes qui inondaient mes joues.

J'entendis alors les pas lourds de Vik derrière moi.

– Jules, s'il te plait. Laisse-moi finir mon histoire. Quand tu auras écouté ce que j'ai à te dire, tu pourras partir si c'est encore ce que tu souhaites. Je ne m'y opposerai pas.

Quelque chose commença à frapper la toile de nylon, d'abord délicatement puis de plus en plus fort : le ciel aussi laissait libre cours à sa tristesse. Je n'avais pas le courage de me tourner et de regarder Vik en face, mais je sentais sa présence, son corps à quelques centimètres du mien.

Si j'écoutais son récit, est-ce qu'il me laisserait vraiment partir ? Le souvenir des ombres qui m'encerclaient était encore vif et je ne voulais pas revivre cette situation.

Finalement, je fis volte-face. Une douce chaleur inattendue envahit mon corps.

– Qu'est-ce que… ?

Vik avait posé sa main dans le creux de mon cou. Elle était aussi chaude qu'une pierre sous le soleil estival.

– Je peux contrôler la température de mon corps. Je résiste au froid glacial de l'hiver et je supporte la chaleur étouffante de l'été.

Quand il retira sa main, le retour à la fraicheur de la nuit printanière fut similaire à une chute dans un lac gelé, mais je trouvai la force de ne pas chercher un autre contact.

– Je vais t'écouter. Mais ensuite, je m'en irai.

Vik sourit comme s'il avait remporté la bataille. Une minuscule fossette apparut sur sa joue, mais s'effaça rapidement quand son expression redevint sérieuse. Il prit le coussin et le sac de couchage de mon lit et les installa à même le sol de la tente. Ces quelques gestes simples me rappelèrent les soirées pyjama avec Hannah quand j'étais petite. Qui sait ce qu'elle dirait si je lui racontais tout ce qui était en train de se passer. Le seul fait de savoir qui était le type mystérieux qu'elle fréquentait l'aurait mise dans tous ses états.

Je m'assis sur le coussin. Un vent froid du nord soufflait maintenant entre les arbres jusqu'à la tente, et je serrai mes jambes contre mon buste pour me réchauffer. Vik s'installa à côté : assis, il semblait bien moins gigantesque et impressionnant. Il me tendit la main, comme pour m'inviter à une danse, mais c'était impossible de bouger dans un si petit espace.

En réponse à mon visage perplexe, il enchevêtra ses doigts aux miens pour me transmettre un peu de chaleur.

– Si ça te dérange, je peux retirer ma main. Mais l'histoire est longue et je ne voudrais pas que tu tombes malade avant la fin.

– Quelle douce pensée.

Je n'avais pas caché mon sarcasme. Pourtant, je gardai ma main au creux de la sienne. Ses ongles étaient joliment soignés, et un petit tatouage sur le dos de sa main représentait un croissant de lune noir.

– Alors, murmura-t-il, où est-ce qu'on en était… ?

17

Le monde d'en haut

Vik

Mon frère et moi essayions de résister aux assauts de notre père, mais les coups de Lucifer n'étaient pas faciles à esquiver. Il connaissait à la perfection nos points faibles autant que nos points forts.

Nous avions presque atteint nos limites quand nous eûmes l'occasion de nous lancer dans une dernière tentative désespérée. Si elle ne fonctionnait pas, c'était notre fin assurée. Plutôt que de nous focaliser sur notre défense, nous concentrâmes nos pouvoirs.

Kai utilisait son sceptre, mais on ne savait pas combien de puissance il pouvait supporter. Même les baguettes magiques peuvent se briser. Mais pas ce jour-là.

Ce jour-là, rien n'était normal.

Un instant auparavant, Kai et moi luttions comme de simples pions qui essayaient de mettre le roi échec et mat. L'instant suivant, au contraire, nous comprîmes que le roi était en réalité la pièce la plus faible de l'échiquier. Il était trop orgueilleux, trop sûr de lui pour seulement concevoir qu'être seul pouvait se révéler un désavantage pour lui.

Quant à nous, nous pouvions compter l'un sur l'autre.

La réaction de Lucifer à notre attaque fut différente de notre attente : il sembla se pétrifier sur place, comme si quelqu'un l'empêchait de bouger. Il réussit à faire un pas, mais son visage n'était qu'une grimace de douleur.

Au début, je ne compris pas ce qui se passait. Je ne faisais rien d'autre qu'amplifier mon pouvoir avec celui de mon frère. Mais quand je me tournai vers lui, je vis que Kai contrôlait le diable. Comme si c'était une énième âme perdue, il le dirigeait comme une simple marionnette. Il le fit lever de son trône.

Un grondement animal échappa au roi de l'enfer.

Puis Lucifer, de mauvaise grâce, s'agenouilla. Le monde des morts se tut pendant un instant qui sembla durer une éternité.

Kai et moi étions éreintés, mais nous ne pouvions montrer notre faiblesse en ce moment précis. Nous nous soutînmes donc l'un l'autre, le dos droit. Avec la tête haute des vainqueurs, conscients que nous ne serions pas en mesure de l'affronter dans une autre bataille.

Kai s'avança vers notre père, chaque pas plus instable que le précédent. Si d'autres dieux existaient dans ce monde, ils avaient certainement les yeux rivés sur nous.

– Kai…, murmurai-je pour le prévenir.

Il me fit un geste de la main pour me rassurer : il savait ce qu'il faisait. Sa voix résonna en écho quand il déclara :

– Père, Viktor et moi t'avons vaincu honnêtement. Ensemble, nous sommes plus puissants que toi.

Je rejoignis Kai et, rassemblant mon courage, conclus son discours :

– C'est pourquoi, d'un commun accord, nous avons décidé de prendre le pouvoir. Soumets-toi et tu seras épargné.

Quels imbéciles nous avons été, d'une naïveté incroyable. Aveuglés par la victoire, nous étions convaincus que notre père était prêt à céder son royaume.

– Mes chers Viktor et Kai, dit-il en faisant un effort phénoménal pour se redresser, parmi mes innombrables et prodigieux fils, vous êtes les seuls à la hauteur du sang qui coule dans vos veines. Je suis fier de vous.

Nous étions stupéfaits, tout comme le public qui assistait à la scène.

Nous nous attendions à une lourde colère et à de la frustration, pas à une retraite aussi docile.

– Je serais *honoré* de laisser cette place qui me tient prisonnier depuis des milliers d'années, pour être enfin libre.

Sur le visage de Lucifer se dessina un rictus monstrueux.

– Toutefois, il y a un autre monde, gouverné par des êtres humains, qui attend qu'un vrai tyran prenne sa tête.

– Tu es le seul tyran qui existe, intervins-je. Nous ne voulons pas faire le mal, nous cherchons simplement la paix.

– Réfléchis, Viktor : sans une main de fer, comment peux-tu prétendre que les personnes restent à leur place ? Regarde ton frère : n'ai-je pas été trop tendre en lui offrant ce sceptre ?

– J'ai passé mon existence à perfectionner mes pouvoirs, s'époumona Kai, et il jeta son bâton sur le sol. Je n'ai plus besoin de ton cadeau stupide !

Mon père lui répondit avec un sourire sardonique :

– Eh bien, puissant Kai, j'ai un défi à ta hauteur : gouverner les hommes. Le monde souterrain est maudit, sans espoir, mais là-haut, il y a encore beaucoup de vie. Les hommes sont volubiles, ils se laissent guider par leurs *émotions*. Leur faiblesse les rendra malléables et en peu de temps vous aurez les océans, les terres et les montagnes entre vos mains. Mon royaume est ici-bas, mais ce sera une grande jouissance de voir le sang de mon sang gouverner les hommes. Et si cela ne vous convient pas, je serai disposé à admettre ma défaite et à vous faire revenir.

Des océans et des montagnes. Je n'en avais lu que des descriptions, et il m'était difficile d'imaginer un immense bloc de roche sous le ciel. Une étendue d'eau salée à perte de vue. Le vent dans mes cheveux. Je ressentais soudain de la nostalgie pour un lieu où je n'avais jamais été, tandis que Kai, à côté de moi, était secoué d'un sentiment très différent : il mourait d'envie d'être considéré comme le plus puissant du monde.

Notre père nous fixait toujours, son pire rictus imprimé sur ses lèvres. Il nous suffit d'un fugace échange de regards, à Kai et à moi, pour prendre la décision que nous regretterions pour l'éternité.

– Nous acceptons.

Derrière nous, un chœur de murmures surpris s'éleva, sans que nous l'écoutions : nous étions convaincus d'avoir fait le bon choix.

Pourtant, notre père éclata de rire. Il accompagna cette bonne humeur de grands gestes vers le ciel, créant des cercles de feu crépitants. Nous venions de passer un pacte avec le diable, et Dieu seul savait à quel point nous nous en repentirions.

Un portail s'ouvrit entre les flammes, et au centre apparut un arc de marbre où s'entrevoyaient des collines vertes, des fleuves transparents et... le soleil. Cette boule de lumière circulaire nous aveugla un instant, tout en nous attirant inexorablement vers le portail.

Sans nous en rendre compte, Kai et moi marchions vers l'arc, attirés comme des papillons de nuit par la lumière. Nous passâmes le portail et fûmes accueillis par une morsure gelée : nous n'avions jamais expérimenté un tel froid.

Une seconde plus tard, le portail se refermait derrière nous : nous étions dans une vallée ensoleillée, certes, mais sur le flanc d'une montagne balayée par une tempête de neige. Il y avait de la neige à perte de vue et nos voix se mêlaient au bruit du vent, qui rendait vaine toute tentative de communication. Seul le rire de notre père nous parvenait encore aux oreilles malgré les rafales assourdissantes.

– Espèces d'imbéciles ! L'attrait du pouvoir vous a aveuglés, et maintenant, comme les humains, vous êtes destinés au malheur et à la souffrance. Adieu, mes fils, que le mal soit avec vous !

Près de nous, comme tombé du ciel, le sceptre de Kai apparut. On aurait maintenant dit un morceau de bois quelconque.

Par chance, mon frère eut la promptitude d'esprit de le ramasser avant qu'il ne dégringole de cette montagne de glace, mais nous nous aperçûmes rapidement que, dans ce monde, nos pouvoirs n'étaient qu'une fraction minime de ceux que nous possédions en enfer.

Nous étions vidés, et même notre condition physique était différente : notre peau était devenue molle et sensible au changement de température. Notre taille avait été drastiquement réduite, notre puissance nous avait abandonnés. Mais ce qui nous perturba le plus, c'était la couleur de nos iris : ils ne brillaient plus de ce caractéristique rouge feu, mais oscillaient entre le vert et le bleu.

Nous marchâmes des heures et des heures à travers ces pentes enneigées, mais on avait l'impression d'avoir atterri dans le désert le plus total.

Nous trouvâmes rapidement le moyen de réguler notre température corporelle. Même si c'était difficile et épuisant, cela nous permit de survivre. Nous avions tout à apprendre. Nous découvrîmes que le soleil était caché par les nuages, que la neige fondait si nous la prenions en main, que nous n'avions besoin ni de boire, ni de manger, ni de dormir. Nous ne ressentions pas réellement la fatigue, mais le froid mordant pénétrait nos os quand nous n'avions plus assez d'énergie pour nous réchauffer.

Cinq nuits plus tard, nous aperçûmes au loin un petit village. Nous arrivâmes aux abords des maisons et nous laissâmes tomber au milieu de la rue, exténués. Heureusement, les habitants étaient accueillants, ils nous portèrent à l'abri et nous installèrent près de la cheminée. Le feu qui avait dominé nos vies était devenu une denrée rare et précieuse.

Les premières nécessités satisfaites, la fatigue s'empara de moi, aussi violente qu'une avalanche, et je perdis connaissance. Quand je rouvris les yeux, il était déjà trop tard : Kai était entouré d'hommes et brandissait son sceptre. Des nuées de cendres scintillantes s'échappaient de la tête de la harpie. Les hommes semblaient aussi effrayés par ce phénomène que s'ils avaient vu le diable en personne.

– Démons, siffla quelqu'un.

Un instant, j'eus peur qu'ils aient découvert qui nous étions vraiment, mais ce n'était pas le cas.

Ils accoururent au centre du cercle, nous attrapèrent et nous jetèrent dans un puits au fond duquel d'autres hommes et femmes étaient abandonnés. Les habitants avaient peur d'attirer la foudre sur leur village en les tuant, ils préféraient les laisser mourir de faim et de soif.

Kai et moi n'étions pas les premiers à être traités de démons, mais nous étions sans doute les premiers à l'être réellement.

Dans la chute, je m'égratignai les jambes et le dos. Le bras de Kai heurta une roche en excroissance et il laissa échapper un cri de douleur : nous expérimentions la souffrance pour la première fois et nous en fûmes bouleversés.

Dans l'au-delà, nous ne pouvions pas mourir, et encore moins être blessés. Notre peau était impénétrable et seul l'oubli pouvait nous anéantir. Là-haut, tout était différent.

Je lui tâtai le bras du bout des doigts et sentis un os déboîté.

– Désolé, frérot, mais je ne sais pas quoi faire pour toi.

Un vieil homme aussi maigre qu'un clou sortit de l'ombre. Il avait une longue barbe et tenait à peine debout. Il avait la peau sur les os, au point qu'on les voyait bouger clairement. Il balbutia :

– Mon fils… s'est cassé bras et jambes en travaillant. Je l'ai sauvé… plusieurs fois avant que la soif ne l'emporte. Je peux vous aider.

Mais Kai, à cause de la douleur ou de la colère qui avait enflé ces derniers jours, lui hurla dessus en retour :

– Je n'ai pas besoin de ton aide, sale humain ! Tu sais à qui tu t'adresses ? Tu devrais t'incliner devant ton souverain.

L'homme recula, terrorisé par la haine de mon frère, d'autant plus qu'il avait parlé dans notre langue d'origine. Elle était incompréhensible aux oreilles des humains, aussi dure, coupante et impétueuse que les pierres qui pavaient les routes de l'enfer. J'avais de mon côté étudié les langues du monde du dessus dans les livres de mon père et je réussis à baragouiner quelques mots :

– Nous n'avons pas besoin de votre aide.

La puanteur de ce puits maudit me donnait la nausée.

Autour de nous, il y avait trois femmes à moitié nues, sales et décoiffées. Elles avaient les dents jaunes et cassées, des mèches de cheveux gras encadraient leur visage.

Kai s'étendit entre elles et, heure après heure, son état se détériora.

À l'aube, le vieil homme à la longue barbe se risqua à nouveau hors de l'ombre et balbutia :

– Si vous ne soignez pas ce garçon, son bras va noircir et il faudra le couper.

Kai éclata de rire.

– Tu as entendu, Vik ? Cet humain pense que je suis comme lui. Notre père avait raison, ils sont vraiment stupides.

Malheureusement, mon frère ne faisait que nier l'évidence, tandis que je me rendais compte que notre père nous avait non seulement privés de la plupart de nos pouvoirs, mais nous avait également rendus mortels. Si nous ne vieillissions pas, une épée ou une flèche pouvaient s'avérer létales autant pour nous que pour les autres.

Kai était en train de mourir. Je me devais d'intervenir, et j'appelai le vieil homme qui remit l'os de mon frère en place pendant que je le maintenais immobile.

Le bruit qu'il émit fut horrible, mais après que j'eus arraché un bout de mon pantalon pour lui soutenir le bras sur le conseil de l'homme, Kai reprit du poil de la bête.

Nous passâmes trente nuits au fond du puits. Le vieux mourut de faim quelques jours après notre arrivée, et les trois femmes connurent le même destin.

Quand un groupe d'hommes vint pour bruler les corps, mon frère et moi étions prêts.

Nous tuâmes tous les habitants du village et nous enfuîmes.

Nous savions que les âmes de ces personnes rejoindraient l'enfer et transmettraient notre message à notre père : « Nous reviendrons chez nous. »

18

Un combat acharné pour la vie

Un puissant frisson me traversa des pieds à la tête. Je repris mon souffle et murmurai :

– Vous… vous avez exterminé un village entier ?

Vik mima une moue désolée, comme si ce souvenir lui pompait son énergie. Sa réponse fut toutefois assez pragmatique :

– Nous ne sommes pas des anges. Nous avons commis beaucoup d'actes cruels durant notre longue existence et, malheureusement, celui-là n'était que le premier.

– J'ai sincèrement peur de ce que tu vas m'avouer.

Plusieurs fois pendant son récit, j'avais éprouvé le besoin instinctif de retirer ma main de la sienne, sachant pourtant que le froid mordant m'envelopperait, mais je sentais aussi que nous avions créé une connexion à travers ce léger contact physique. Il pouvait me faire confiance et je pouvais avoir confiance en lui.

– Laisse-moi continuer, s'il te plait.

J'acquiesçai et m'installai plus confortablement sur les coussins, mais nous fûmes interrompus par l'arrivée de Kai. Mes yeux se posèrent involontairement sur ses bras tatoués et je me demandai lequel il s'était cassé plusieurs siècles auparavant.

– Qu'est-ce qui se passe ? demanda Vik.

Il était visiblement agacé par cette apparition imprévue. Il dégagea sa main de la mienne et je frissonnai. La différence de comportement de Vik, selon qu'il s'adressait à moi ou à Kai, me laissa sans voix.

Kai, le souffle court, réussit seulement à indiquer l'extérieur de la tente et Vik se leva d'un bond, aussi rapide et agile qu'un tigre. Il sortit le premier, Kai se prépara à le suivre. De mon côté, bien que j'eusse déjà compris ce qui m'attendait, je leur hurlai :

– Où est-ce que vous allez ?! Qu'est-ce qui se passe ?

Kai se tourna une dernière fois avant de se glisser hors de la barrière en nylon pour répondre :

– Les ombres sont là, Jules. Enferme-toi dans la tente et n'en sors pour rien au monde !

Les jambes flageolantes, je refermai la fermeture éclair et me recroquevillai sur les couvertures au milieu de la tente. Je me demandai où Vik avait laissé les armes imprégnées de cendres. Je regardai autour de moi sans apercevoir aucun arc ou aucune hache. Je n'avais sur moi que mon petit couteau, inutile sans la cendre magique. Un vrai cure-dents, pour le coup.

Mon cœur manqua un battement : projetée sur la tente, une ombre sautait d'un côté puis de l'autre. Je m'efforçai de rester immobile.

Une goutte de sueur perlait sur mon front, jusqu'à ma tempe. Désormais, l'ombre ne bougeait plus. Je ne voyais pas ses yeux creux, mais je savais qu'elle m'observait. Soudain elle souleva un bras avec une lenteur insupportable et me fit un petit signe.

Je n'eus pas le temps de hurler : une onde de choc envoya valser l'ombre et créa une large déchirure dans la toile de tente.

Kai passa sa tête décoiffée à l'intérieur et me regarda fier de lui, un petit sourire aux lèvres. Une goutte de sang coulait sur son visage.

– Désolé, tu dormais ?

Pour toute réponse, je lui présentai mon majeur et il secoua la tête, amusé.

– Même pas un merci pour t'avoir sauvé la vie ? Encore ?

– Tu peux toujours rêver !

Un mouvement derrière la tente captura l'attention de Kai et il courut en criant le nom de son frère.

Je me précipitai à sa suite.

Quand nous trouvâmes Vik, il était étendu dans l'herbe, évanoui. Je fus un instant terrorisée à l'idée qu'il pouvait être mort par ma faute. Après tout, c'était moi que ces monstres cherchaient.

Je me penchai sur lui et palpai son cou pour sentir son pouls. Il était faible, mais il avait le mérite d'exister.

– Il respire encore !

– Bien, répondit Kai. Porte-le à l'intérieur.

Je lui attrapai une main et soulevai son bras : à lui tout seul, il pesait certainement autant que moi.

– Un peu de soutien ne serait pas de refus. Tu sais parfaitement que je ne peux pas le déplacer seule !

– Je t'ai déjà assez aidée.

La réponse de Kai donnait l'impression qu'il se fichait que le corps de son frère reste là, étendu à terre. Quelque chose dans le ton de sa voix retint mon attention : malgré ses efforts pour paraitre tranquille et distant, son trouble était évident. Ses yeux erraient dans toutes les directions, comme s'il attendait qu'un monstre passe à l'attaque d'une seconde à l'autre.

– Qu'est-il arrivé à Vik ? demandai-je. Il n'a pas de blessure.

Le torse nu de Viktor ne présentait aucune entaille ou trace de coup, mais il respirait difficilement. Ses tatouages se vrillaient à chaque élancement.

Finalement, Kai soupira, s'accroupit près de son frère et posa la paume de sa main sur son torse.

Il ferma les yeux et murmura quelques mots incompréhensibles. De la même façon que lorsqu'il m'avait soignée après ma tentative de fuite du troisième étage, les veines de son bras noircirent comme s'il aspirait la douleur du corps de son frère.

Et, en effet, le corps de Vik reprit petit à petit sa teinte naturelle, et sa respiration se fit plus régulière.

Cette scène dura plusieurs minutes, durant lesquelles ni lui ni moi n'osâmes prononcer un mot, puis Kai se leva en titubant. Il avait utilisé une grande partie de son énergie pour soigner son frère.

– Il devrait se remettre, maintenant.

– Il devrait ? Comment peux-tu le laisser dans cet état ?

– Merde, Jules ! rugit Kai.

Le ton de sa voix m'incita à garder le silence.

– Tu ne sais rien ! Ces *choses* ne sont pas des êtres normaux ! Si elles s'approchent assez près pour te blesser, survivre est un miracle. Ce ne sont pas des blessures à l'arme à feu ou d'autres idioties de votre monde ! Elles ont *l'obscurité*, et crois-moi, c'est pire que tout. J'ai fait ce que je pouvais, la suite est entre les mains de Vik. Il doit se battre.

Je me rendis compte que, tout au long des remontrances explosives de Kai, j'avais tenu la main de Vik tellement fort que je lui avais enfoncé mes ongles dans la peau. À bout de souffle, Kai considéra nos mains unies. Ses yeux étaient une mer en pleine tempête. Il conclut :

– Si tu veux rentrer chez toi, tu es libre. Vik n'aura pas la force de te retenir et tu ne peux rien faire pour lui.

À ces mots, je pensai pendant une fraction de seconde à Gabriel, je voulais le serrer dans mes bras dès mon retour, tout lui raconter. Je pensai à mon père et à ma mère, à ma vie…

– Et toi, alors ? Tu ne vas pas m'empêcher de partir ?

Kai ramassa le sceptre qu'il avait posé dans l'herbe.

– J'en ai fini avec toi, ma belle. J'en ai assez de cette merde.

Je n'eus même pas le temps de répliquer : il se tourna et disparut entre les arbres en un clin d'œil. Je ne savais pas si c'était la dernière fois que je le voyais.

Comment pouvait-il m'abandonner ici, de cette façon ? Je regardai Vik et vacillai, percluse de doutes. La tente était déchirée et le déplacer à l'intérieur, même si je réussissais à l'y trainer, serait inutile. J'étais seule au milieu des bois ; je m'imaginais auprès de mes parents, je brulais d'envie de les voir. Je me convainquis que Kai avait raison : je n'avais aucun moyen d'aider Vik, la seule chose que je pouvais faire était me lever et marcher. C'est ce que je fis.

Je n'avais pas la moindre idée de ma destination. Je voulais seulement m'éloigner le plus possible de ce lieu et rentrer chez moi.

Je ne réussis pourtant pas à aller bien loin avant d'être envahie de culpabilité.

J'essayais de me persuader que la seule raison pour laquelle je voulais revenir en arrière était que je voulais entendre la fin de l'histoire, que je ne pouvais pas laisser un homme mourir seul, même si ce n'était pas un véritable être humain. En plus, traverser la forêt quand des monstres étaient à ma recherche pouvait se révéler plutôt dangereux, voire idiot.

Mais la vérité était qu'une petite part de moi voulait encore sentir sa peau contre la mienne. Voir ses fossettes les quelques fois où il me concédait un sourire sincère.

Je me dis qu'il serait insensé de revenir sur mes pas, mais c'est exactement ce que je fis.

Vik était encore étendu dans l'herbe.

Quand je touchai sa main pour essayer de le déplacer, elle était gelée. Ses lèvres charnues étaient gercées et le peu de couleur que lui avait redonné Kai semblait s'éteindre à nouveau. On aurait dit qu'une force obscure le dévorait lentement.

– Eh bien, allons-y... Je vais te tirer à l'intérieur, OK ?

Je ne reçus évidemment aucune réponse.

J'essayai de le redresser, d'abord en mettant ses bras sous son dos, puis en tentant de le trainer par les pieds, mais il était si lourd qu'il me semblait cloué au sol.

À bien y regarder, la tente était tellement détruite que je décidai de rester près de Vik et d'allumer un feu pour le réchauffer. Je le couvris comme je pus, car les couvertures que j'avais récupérées étaient trop petites. Épuisée, je m'assis à côté du feu et fixai les ombres tremblantes du sous-bois, en m'efforçant de refouler la peur qui grandissait en moi. Et si les ombres profitaient de ce moment pour réclamer mon âme ? Il fallait que je chasse ces idées noires et que je me concentre sur l'homme qui se trouvait devant moi. Le teint de Vik rosissait-il vraiment ou était-ce la lumière du feu ? Je voulais rester éveillée, mais mes paupières se faisaient de plus en plus lourdes.

Je posai la tête sur le ventre de Vik. Malgré la couverture entre nous, je percevais le froid de sa peau. Petit à petit, je m'enfonçai dans un sommeil agité.

Quand je rouvris les yeux, je poussai toutefois un soupir de soulagement en voyant que Vik reprenait conscience.

Ses yeux étaient entrouverts et il me regardait, un faible sourire aux lèvres. J'entendais des bruissements autour de nous : le bois aussi se réveillait.

– Salut.

Sa voix était douce, mais la veine sur sa tempe ressortait plus que d'habitude. Je compris à la façon dont il parlait qu'il avait peu de force, chaque syllabe semblait lui couter un effort extrême.

– Bonjour, toi.

Je tendis le bras pour lui toucher le front. Il était moins froid. Le seul fait qu'il parle indiquait que tout n'était pas perdu, qu'il y avait encore de l'espoir.

– Tu ne t'es pas enfuie.

Sa surprise m'attendrit.

– Je ne pouvais pas, tu n'as pas fini de me raconter ton histoire. Je n'aime pas laisser les choses inachevées.

Vik me replaça délicatement une mèche de cheveux derrière l'oreille et continua à jouer avec.

– Je ne crois pas que je vais être capable de t'entrainer aujourd'hui, désolé. Je ne sais même pas si j'aurai la force de terminer mon récit.

J'aurais voulu rester des heures allongée dans cette position sous le soleil frais du matin, mais je m'obligeai à me lever pour chercher de l'eau à la cascade et me rafraichir un peu.

Quand je revins dans la clairière avec les cheveux mouillés et bien plus détendue, ce que je vis me terrorisa : Vik était en proie à de fortes convulsions.

J'arrivai juste à temps pour le voir vomir une étrange substance noire semblable à du goudron. Même ses lèvres étaient recouvertes de ce mystérieux liquide qui lui coulait jusque dans le cou. Je m'agenouillai près de lui et posai sa tête sur mes jambes pour éviter qu'il ne s'étouffe.

– Que s'est-il passé ?

Ses yeux étaient rouges, des vaisseaux striaient ses pupilles blanches. Il essayait de parler mais continuait à tousser et à recracher l'immonde substance.

Je caressai son front, de la même façon que le faisait ma mère avec moi quand j'étais malade, enfant, et que j'avais de la fièvre. C'eut l'air de fonctionner : il me prit la main et appuya ma paume contre sa joue. Son souffle me chatouillait les doigts. Il voulait me faire comprendre qu'il se réchauffait.

– C'est ça qui te rendait malade ?

J'indiquai la flaque noire qui salissait la terre. Il acquiesça et sourit, mais je ne pouvais m'empêcher de penser qu'il avait passé des heures avec ce liquide noir et visqueux dans son corps. Je voulais, pour une fois, être celle qui prenait soin de lui.

– Puisque tu n'es pas en forme, c'est moi qui vais te raconter une histoire, comme ma grand-mère faisait avec moi quand j'étais petite. Ça te dit ?

Les longs cils de Vik étaient humides, comme s'il avait pleuré. Pour toute réponse, il hocha imperceptiblement la tête.

– Voyons voir… Ma grand-mère me lisait toujours le même livre. C'était l'histoire d'une princesse qui vivait dans un château d'obsidienne, en attendant qu'un prince vienne la sauver. Mais les années passèrent sans que personne se présente à sa porte. Finalement, la jeune femme comprit qu'en réalité, son prince était avec elle depuis tout ce temps. Un des serviteurs était amoureux d'elle depuis toujours, mais il n'avait jamais eu le courage de lui avouer ses sentiments : il craignait d'être pendu. Quand elle le découvrit, elle renonça à son rang pour lui et ils s'enfuirent ensemble du château d'obsidienne. Et ils vécurent heureux jusqu'à la fin des temps.

Vik toussa. J'utilisai un coin de la couverture pour lui nettoyer le visage et le cou.

– C'est tout ? me demanda-t-il d'une voix rauque.

– C'est une belle histoire, non ? J'aime bien la morale : pas besoin d'être pareils pour être heureux ensemble.

J'étais satisfaite de ma conclusion.

– Ou peut-être que la vraie leçon est que chaque princesse doit apprendre à se sauver toute seule, sans attendre l'arrivée d'un prince.

Je le fixai dans les yeux. C'était pour ça qu'il m'entrainait ? Pour me laisser combattre toute seule ?

– Peut-être. Quoi qu'il en soit, j'ai toujours adoré lire. Quand j'étais petite, je me demandais toujours où allaient les personnages une fois que le livre était terminé. Ils mouraient ? Ils arrêtaient d'exister ? Ça m'obsédait. Une fois, ma grand-mère m'a dit qu'il y avait un monde merveilleux où vivaient tous les personnages de romans. J'aimerais bien visiter ce monde, un jour.

– Tu es officiellement folle, Jules Quentin !

Une petite goutte de pluie tomba sur mon nez. Peu après, le ciel sembla s'abattre sur nous.

– On ferait mieux de se mettre à l'abri.

J'étais sur le point de me lever quand Vik me retint.

– Non, restons encore un peu ici. J'aime bien la sensation de la pluie.

Sa prise était faible et j'aurais pu me libérer facilement, mais je ne le fis pas. Vik ferma les yeux et nos cheveux furent rapidement mouillés. Les gouttes tombaient délicatement sur son torse et roulaient entre ses tatouages.

Quand la pluie fit mine de se calmer, il essaya de se redresser en s'appuyant sur ses coudes et ses efforts furent récompensés.

– Je dois te raconter la fin de l'histoire.

– Tu n'es pas encore remis, tu ne dois pas trop te fatiguer.

Je posai mes mains sur son torse pour l'inviter à se recoucher, mais il se dégagea. Il s'ébroua, m'éclaboussant avec ses cheveux et je ne pus m'empêcher de rire.

J'étais heureuse qu'il retrouve son énergie, petit à petit. J'avais l'impression que la chaleur du feu, puis la pluie, l'avaient régénéré.

Mes vêtements étaient maintenant trempés et me collaient désagréablement à la peau.

– On pourrait au moins s'installer sous la tente, non ? Du moins dans ce qu'il en reste…

La déchirure de la pauvre tente semblait s'agrandir de plus en plus.

– Où est mon frère ?

J'eus une boule dans la gorge en repensant au comportement de Kai. Ça me rendait triste et j'étais presque gênée de révéler que son frère, plutôt que de le protéger, avait décidé de s'en éloigner.

– Il… Il t'a soigné, puis il est parti. Il a dit qu'il en avait marre, puis il a disparu dans les bois.

Vik ne parut pas surpris et n'en prit pas non plus ombrage, à ma grande surprise.

– Je m'en doutais. Le combat d'hier a été plus rude que prévu. Pour moi, évidemment, mais aussi pour lui. Tu te souviens que les ombres ont le pouvoir de t'ensorceler en te montrant les fantômes des personnes que tu aimais ?

– Comment je pourrais l'oublier ? Mon frère qui se dissout et se transforme en *ombre*... Je pense que cette vision me traumatisera toute ma vie...

Je me demandai s'il existait une personne dans le passé à qui Kai avait donné son cœur.

Il n'était pas du genre à s'éprendre d'une jeune femme ou même à éprouver de l'affection pour quelqu'un d'autre que lui-même. La façon dont il avait traité la pauvre Hannah en était la preuve. Il l'avait utilisée pour s'approcher de moi.

Mais alors, qu'est-ce que les ombres lui avaient montré ? C'est la question que je posai à Vik.

– Une femme. Elle est morte il y a plusieurs siècles, mais son souvenir est encore frais dans sa mémoire. Les ombres le savent. Elles savent tout.

– Je ne pensais pas que je pouvais entendre le nom de Kai associé à une femme.

– Moi aussi, j'en avais été surpris, à l'époque.

Je ne pus m'empêcher de me demander si Vik aussi avait connu une femme importante dans son passé, mais je n'eus pas le courage de lui poser la question. Je me contentai de continuer à parler de son frère, il semblait avoir envie d'en dire plus.

– Et donc, ils se sont connus comment ? Kai et cette mystérieuse femme ?

Vik fixa un point derrière moi, comme s'il faisait remonter à la surface les souvenirs d'un temps lointain. Ce ne devait pas être facile de conserver la mémoire d'une vie aussi longue. Pendant une seconde, j'eus peur qu'il ne perde de nouveau contact avec le monde réel, mais il commença son récit :

– Cinquante ans s'étaient déjà écoulés depuis ce triste jour, dans ce maudit village…

19

La chasse aux sorcières

Vik

Le temps sur terre passait plus vite que dans notre monde, où les secondes s'étiraient avec une lenteur interminable. Sans nous en rendre compte, nous avions déjà parcouru des milliers de kilomètres et les civilisations avaient évolué sous nos yeux.

L'étrange pelage qui commença à pousser un peu partout sur nos corps, surtout sur le visage, titilla notre curiosité. Les humains s'en servaient pour se protéger du froid, mais nos pouvoirs s'étaient stabilisés et nous arrivions désormais à réguler notre chaleur corporelle à notre convenance. Malgré tout, je décidai de garder ces poils, au contraire de Kai qui les rasait chaque matin de mauvaise grâce en utilisant son couteau.

Souvent, dans le monde d'en haut, nous étions en désaccord, ce qui n'était jamais arrivé auparavant, et nos disputes ne se terminaient jamais bien : une forêt balayée par les vents ou un humain tué pour le simple fait de nous avoir vus pendant que nous nous battions.

Nous ne pouvions nous permettre le luxe de laisser quelqu'un découvrir la vérité.

Ce fut justement à l'occasion d'une énième dispute que nous rencontrâmes Ophelia. Nous nous étions chamaillés pour une broutille. Kai était nerveux, fatigué d'errer sans but. Il devenait chaque année un peu plus morose et capricieux, jusqu'à ce que, un jour, il explose. Il fit dresser les eaux d'un fleuve presque à la verticale avant de les déverser sur moi. Je faillis me noyer, mais je réussis à nager hors de cette avalanche d'eau, je sautai sur mon frère et lui donnai une bonne leçon.

Ce n'est qu'après que nous nous aperçûmes qu'un jeune garçon malingre mais à l'esprit affuté avait épié toute la scène de derrière un chêne.

Lorsqu'il se rendit compte que nous l'avions remarqué, il se mit à courir. Il était rapide pour un petit humain, mais je n'eus aucun mal à le rejoindre. Cette fois, je ne le tuai pas sur place : nous n'avions pas d'interaction avec des humains depuis des années et nous préférâmes le suivre pour voir où il allait.

Il nous conduisit à une petite ville nichée dans une étroite vallée toujours baignée par la pluie. Le terrain était boueux, plein d'excréments d'animaux, et sentait aussi fort qu'un champ d'ordures, mais Kai et moi décidâmes d'y faire halte.

Nous capturâmes l'enfant avant qu'il n'atteigne l'entrée du bourg. Il se mit à pleurer et jura qu'il ne révélerait notre secret à personne. Il nous dit que son père était le chef et qu'il donnerait au moins cent chèvres en échange de sa vie.

Nous ne savions que faire de cent chèvres, mais je me laissai amadouer par ce petit humain fragile, contrairement à Kai, qui ne voulut pas prendre de risque. Il libéra l'enfant, mais sa promesse n'était pas suffisante à ses yeux : avant de le laisser partir, il lui trancha la langue.

À l'époque, nous n'avions pas encore totalement compris ce qu'étaient les émotions, mais voir cet enfant dans une mare de sang me secoua et un sentiment inconnu naquit en moi : la pitié. Kai, lui, n'éprouva rien de ce type. Il couvait une colère inexorable qui le dévorait de l'intérieur, il n'y avait de place pour rien d'autre dans son cœur.

Nous nous installâmes dans une petite cabane. Naturellement, nous ne dormions pas, mais nous l'utilisions pour sauver les apparences et pour avoir un lieu dans lequel nous retrancher lorsque nous étions fatigués de rencontrer les habitants, des personnes peu cultivées avec lesquelles mon frère et moi n'avions rien en commun.

C'est dans cette cabane que je découvris le plaisir de la chair. J'aimais la compagnie des femmes, les sensations que leur présence me procurait et le pouvoir que j'exerçais sur elle.

Elles provoquaient en moi un sentiment de puissante ébriété, un état d'extase qui ne prenait fin que lorsque je me retrouvais seul. Pourtant, je garde un souvenir triste et coupable de cette époque.

Kai, quant à lui, semblait totalement indifférent au charme féminin. Il éprouvait même une certaine répulsion en voyant des femmes se donner en échange d'attention ou de nourriture pour leur famille.

Mais cette situation était destinée à empirer. Les êtres humains étaient ignorants et effrayés. Nous assistions de plus en plus souvent à des scènes de persécution à l'encontre de jeunes femmes. Même celles qui bénéficiaient de ma protection étaient accusées d'être des sorcières, alors qu'il s'agissait d'innocentes qui éblouissaient les hommes par leur beauté et leur intelligence.

Je me rendis compte que les hommes n'aimaient pas que les femmes apparaissent supérieures à eux, de quelque façon que ce soit.

Kai et moi n'en comprenions pas la raison, mais nous décidâmes de nous unir à la chasse aux sorcières. Nous devînmes des inquisiteurs dans l'espoir de trouver une véritable sorcière qui nous aide à décrypter l'énigme de notre futur. Nous formions un duo maléfique : je m'occupais de charmer les femmes que nous soupçonnions, faisant semblant de m'intéresser à elles, et Kai entrait en cachette et les attachait. Nous nous assurions qu'elles n'avaient pas de véritable pouvoir, puis nous les remettions aux habitants. Ils en faisaient ce qu'ils voulaient.

Et cela se terminait souvent par un bucher.

Les villageois nous vénéraient. Ils nous considéraient comme deux justiciers qui n'avaient pas seulement ramené le fils du chef vivant après « l'attaque d'un animal qui lui avait arraché la langue », mais qui s'engageaient aussi à libérer la ville des sorcières qui la peuplaient.

Cette affection n'avait aucune valeur pour moi, ni pour mon frère.

Kai ne ressentait aucune émotion en voyant ces femmes innocentes brulées vives, ou peut-être était-il jaloux parce qu'elles rejoignaient un lieu qui nous appartenait.

Quant à moi, en observant ces jeunes filles que j'avais embrassées avec passion hurler et suffoquer... je me sentais mal. Un malaise surprenant, dont je n'appris le nom que des années plus tard : remords.

Kai le lisait dans mes yeux et me traitait de faible. Il me disait que je devenais comme les êtres humains. Je niais, mais je savais, au plus profond de moi, qu'il avait raison. Aujourd'hui encore, le souvenir de chaque femme que j'ai vu bruler me tourmente, des images indélébiles qui ne me quitteront jamais. Finalement, je décidai que j'en avais assez, et que je ne chasserais plus les sorcières.

C'est ce jour-là que nous rencontrâmes Ophelia.

Par pur hasard, je surpris la conversation entre deux bergers qui parlaient d'une femme tristement célèbre. Je les obligeai à me la décrire et rentrai rapidement auprès de Kai : nous devions être les premiers à la trouver. Nous étions impatients de conclure notre quête, donc nous convînmes d'omettre la partie séduction pour faire simplement irruption chez elle sans perdre de temps.

Nous trouvâmes sa demeure en haut d'un sentier boueux et, sans trop de cérémonie, j'enfonçai la porte de bois d'un coup de pied.

La maison était vide, mais la chaleur qui s'en dégageait transmettait une sensation inexplicable de familiarité. La cheminée était allumée et sur la table s'alignaient des bocaux d'épices et quelques pieds de porc séchés.

Nous nous assîmes près du feu et attendîmes. Je profitai de ce moment de calme pour étudier mon frère ; ses cheveux noirs lui arrivaient maintenant aux épaules et il les attachait en queue-de-cheval. Deux mèches retombaient sur son visage rasé et la lumière du feu accentuait ses traits durs.

Je me demandais si les femmes le trouvaient attirant, malgré son caractère similaire à un mur de glace hérissé d'épines. J'en conclus que ce n'était pas son apparence qui les attirait, mais l'espoir d'ouvrir une brèche dans son cœur de pierre.

Pauvres rêveuses.

Après ce qui me parut des heures, une figure menue apparut sur le seuil. Nous ne voyions pas son visage, caché par la capuche de sa cape, mais son étonnement face à la porte d'entrée ouverte était palpable. Elle entra avec prudence, nous vit… et nous reconnut. Elle essaya de fuir, mais Kai fut plus rapide : il la rattrapa d'un bond et la traina à l'intérieur, déchirant sa robe au passage. La jeune femme hurlait et pleurait, nous lançant des malédictions en tout genre, mais il en fallait plus pour décontenancer mon frère, qui lui retira sa capuche avec brusquerie.

La femme s'enfuit dans un coin, où elle s'assit en maintenant sa robe sur sa poitrine. Ses yeux marron écarquillés étaient doux, sa peau avait le teint pâle de la porcelaine. Ses lèvres étaient grandes et charnues et contrastaient avec son corps mince. Alors que Kai lui attachait les mains dans le dos, je remarquais ses longs doigts fins ornés de nombreuses bagues. La jeune femme lui cracha à la figure, sans obtenir aucune réaction de sa part. Il était habitué à ce genre de résistance. Je pris la parole :

– Écoute-moi, femme…

– Ophelia.

Son interruption suintait de mépris. Son menton était relevé, me défiant de la frapper. Elle savait peut-être que je ne l'aurais jamais fait.

– Nous sommes ici parce que tu es accusée de pratiquer des arts obscurs. Est-ce vrai ?

Kai observait la scène de loin en épluchant une pomme qui noircirait bien vite.

– Non !

Ophelia avait répondu d'un air si offensé et avec une telle haine dans la voix que je crus qu'elle se jouait de nous. Puis une larme de peur coula sur son visage. Je ne clignai pas d'un cil. Je ne doutais pas qu'elle se déclarerait innocente, mais quelque chose en elle m'indiquait que derrière cette candeur se cachait bien plus. Que, pour la première fois, nous avions trouvé une véritable sorcière. Je fis un signe de la main à Kai : notre signal. Il se pencha sur Ophelia, prêt à faire ce qu'il fallait pour la forcer à parler. Elle répondit à ce geste en lui assénant des coups de poing qui le maintinrent à distance un instant. Quelques secondes qui suffirent pour que nous entendions un autre son. Des pleurs aigus qui provenaient d'un fagot que la jeune femme gardait attaché sur elle, couvert de plusieurs couches de tissus. Le sceptre de Kai s'immobilisa à mi-chemin.

Intrigué, je m'approchai du panier. Aucun doute, il s'agissait d'un enfant, un nourrisson de quelques mois qui s'arrêta de pleurer dès qu'il me vit. Il m'offrit un sourire édenté et tendit vers moi ses bras potelés. Puis il remarqua Kai et se remit à pleurer.

– Chut, Ector, ne pleure pas. Ne pleure pas, s'il te plait.

Ophelia plongea ses yeux rougis de larmes vers les miens et je sentis que nous ne pouvions pas la tuer.

Je posai une main sur le bras de Kai, lui signifiant de laisser tomber, et il parut perplexe. Ne comprenait-il pas ce qui m'avait fait changer d'avis ?

– Elle me rappelle notre mère quand tu es né.

Cette remarque suffit à le faire reculer. Il replaça la porte sur ses gonds et dénoua les liens de la jeune femme. Nous étions sur le point de partir, quand Ophelia prit la parole. Signant par là même son arrêt de mort.

– Votre père serait déçu de vous voir m'épargner.

Kai et moi échangeâmes un regard surpris. Je me demandai s'il s'agissait d'un hasard ou si elle avait espéré toucher dans le mille en mentionnant la figure paternelle. Pourtant, au fond de moi, je savais que ce n'était pas le cas.

– Qu'as-tu dit ?

La question de Kai fusa dans l'air, âpre, mais il ne se tourna que de trois quarts vers elle. Ophelia ne répondit pas immédiatement, prenant le temps d'installer le petit Ector dans un matelas de couvertures.

– Je sais ce que vous êtes. Votre cœur est empli d'obscurité. Ce n'est pas du sang humain qui coule dans vos veines.

Sans nous laisser le temps de réagir, elle poursuivit :

– Mes yeux voient des choses que les autres ne peuvent qu'imaginer en rêve. Ou, plutôt, dans leurs cauchemars.

Je ne saurais dire pourquoi Ophelia choisit de parler. Elle espérait peut-être obtenir quelque chose, ou bien elle savait déjà ce qui allait se passer et jouait seulement son rôle d'interprète d'un destin déjà scellé.

Quoi qu'il en soit, ces quelques mots suffirent à la condamner : nous ne la laisserions pas partir facilement. Pas sans obtenir de réponses.

En un regard, mon frère et moi décidâmes que nous la ferions prisonnière jusqu'à ce qu'elle nous révèle comment rentrer dans l'au-delà.

Ophelia semblait déjà regretter son impertinence et protesta, nous suppliant d'épargner au moins son enfant. Je lus de l'admiration pour elle dans les yeux de Kai : même en sachant ce que nous étions, la jeune femme continuait à lutter.

– Dis-nous comment rentrer chez nous, et tu seras libre, proposa Kai.

– Si vous touchez à un cheveu de mon fils, je jure que je vous renverrai chez vous moi-même !

Des flammes dansaient dans ses yeux. Kai sourit, amusé par ce défi, et murmura :

– Ne me provoque pas. Cette idée me titille plus que tu ne crois. Maintenant, parle.

Pour la première fois depuis que nous étions arrivés sur terre, l'espoir naissait dans nos cœurs.

Les jours qui suivirent, nous restâmes chez Ophelia, pour la surveiller. C'est moi qui m'occupais de la nourrir pour ne pas la voir mourir de faim, et qui lui apportais Ector quand il pleurait. Je la surveillais le jour et Kai la nuit. Quand la mère et le fils dormaient, nous nous racontions ce que chacun avait découvert, c'est-à-dire des poussières. Elle était têtue, la faire parler allait s'avérer difficile.

Au départ, nos interrogatoires ne nous menaient à rien : à part ces quelques mots prononcés sous le coup de la colère, Ophelia n'avait pas l'air d'en savoir plus. Pourtant, quelque chose changeait : mon frère. Je le surprenais souvent plongé dans ses pensées, le regard inquiet, fixant le vide ou les montagnes à l'horizon.

C'était la première fois que quelque chose remuait en lui. À l'époque, je crus que c'était de l'espoir. L'espoir de pouvoir rentrer chez nous. Mais je me trompais.

Et Ophelia était toujours murée dans le silence.

Elle ne parlait jamais, et elle ne mangeait que le strict nécessaire pour allaiter son fils. Elle savait qu'on la tiendrait prisonnière tant qu'elle n'utiliserait pas son pouvoir pour nous aider, mais elle ne tentait rien pour se libérer. Nous pouvions user de la force et nous pouvions la menacer. Mais il nous fut tout de suite clair que si nous touchions à un seul cheveu d'Ector, elle mettrait fin à sa vie plutôt que de nous aider.

Pendant mon temps libre, je perfectionnais mon art de la transformation : je pouvais devenir n'importe quel animal, mais c'était très peu utile.

Un jour, après la chasse, je rentrai à la maison à l'aube pour remplacer mon frère. J'étais en avance, je décidai de rester un peu dehors pour profiter de l'air frais du matin. Et je les entendis parler. C'était un évènement inhabituel, Ophelia refusant même les conversations les plus élémentaires.

Je m'approchai à pas de loup pour écouter.

– Qui est le père, alors ?

La question de Kai avait été posée sur un ton tranquille qui me surprit, bien plus que le fait qu'il obtienne une réponse. La voix d'Ophelia était d'ailleurs emplie de chagrin.

– Quelqu'un qui ne mérite pas d'être appelé ainsi.

J'étais estomaqué : Kai ne m'avait pas dit qu'ils avaient noué une telle relation de confiance, ni qu'elle lui avait révélé des informations potentiellement importantes.

J'entendis le bruit d'une chaise raclant le sol. Kai s'était certainement levé.

– Vous ne m'avez jamais dit vos noms.

– En effet. Mais j'ai comme l'impression que tu les connais déjà.

Kai lui consentit cette réponse énigmatique avant d'ouvrir la porte. Il me vit et m'adressa un regard indifférent.

– Elle est tout à toi.

Mais je n'avais pas l'intention de laisser passer cette découverte.

– Depuis quand vous discutez comme ça ?

L'indifférence de Kai se teinta d'irritation.

– On ne *discute pas*. Elle ne nous aidera pas tant qu'elle n'aura pas confiance en nous.

Je ne trouvai rien à répondre et le laissai partir, mais je ne baissai pas ma garde pour autant : j'avais déjà essayé plusieurs fois de lui demander comment elle se sentait, et de lui poser d'autres questions banales sur sa vie, sans obtenir de réponse. Apparemment, quelque chose en Kai l'avait touchée.

Quelques jours plus tard, alors que j'y pensais encore, je compris ce qui se passait : Ophelia était une jeune femme qui cherchait une figure forte comme Kai pour la protéger et protéger son enfant, et Kai superposait à elle les souvenirs de notre mère. Il existait une faible probabilité que mon frère, pour la première fois, ressente en face de quelqu'un autre chose que de la colère.

Je commençai à m'inventer de plus en plus souvent des obligations qui m'éloignaient de la maison d'Ophelia pendant la journée. Et Kai, malgré son agacement apparent, ne se défilait pas.

En réalité, je faisais semblant de partir, puis je revenais à pas de loup, en faisant le moins de bruit possible. Je m'installais sous la fenêtre pour les espionner. La plupart du temps, ils restaient silencieux. De temps en temps, elle lui posait des questions sur les habitants du bourg ou demandait à utiliser le pot de chambre.

Kai répondait toujours. Il n'avait jamais été très bavard, mais quand il s'agissait d'Ophelia, il avait toujours une réponse, aussi courte et monosyllabique fût-elle. Si ça n'avait pas été mon frère, j'aurais pu y lire de la tendresse.

Les évènements suivirent leur cours, jusqu'à ce qu'une matinée, alors que je revenais vers la maison, j'entendis Ector éclater en puissants sanglots. En général, il se calmait dès qu'Ophelia le prenait dans ses bras, mais cette fois-là, cela ne parut pas suffire.

– Il doit voir la lumière du jour, commença sa mère, plaintive. Il ne sort pas depuis des semaines, rester enfermé le rend malade.

Je m'approchai pour jeter un œil à travers une fente dans les volets de bois des fenêtres : les yeux de la jeune femme reflétaient une tristesse intense, comme si elle avait oublié ce qu'était le bonheur. Kai faisait les cent pas, maladroit, indécis. Il se rongeait les ongles, une habitude qu'il avait prise récemment.

– Alors dis-nous comment rentrer chez nous. Donne-nous ce que nous voulons et on sera tous libres !

Mais Ophelia se borna à hurler comme un animal blessé, puis la digue se rompit et ses larmes coulèrent, faisant écho aux pleurs de son fils, jusqu'à ce que les deux s'endorment, épuisés.

Je reculai et, en frappant des pieds, je fis semblant d'arriver seulement à l'instant.

– Comment ça s'est passé ? demandai-je à Kai, comme si je n'avais rien entendu.

– Cette femme me fatigue, répondit-il sèchement. Je ne vais pas pouvoir continuer longtemps. Si elle ne parle pas d'elle-même, j'emploierai les manières fortes.

– Ne t'inquiète pas, d'une façon ou d'une autre, elle finira par nous dire ce qu'elle sait.

Je le suivis du regard alors qu'il empruntait le sentier devant la maison, puis allai m'assoir face à Ophelia. Elle s'appliqua toute la journée à maintenir un silence buté et coupable.

Malgré ses brefs échanges avec Kai, cette femme était trop orgueilleuse pour céder. Elle ne nous ferait jamais entièrement confiance, d'autant moins si elle connaissait notre véritable nature.

Mes calculs étaient mauvais.

Des semaines qui parurent interminables s'écoulèrent. Jusqu'à ce qu'un jour, au changement de tour de garde, j'entende… des rires.

Je m'approchai de la fenêtre et assistai à une scène qui me laissa sans voix.

Mon frère était assis par terre près d'Ophelia. Entre eux, Ector faisait des allers-retours à quatre pattes en riant. Un sourire s'étendait sur le visage d'Ophelia, bien qu'il fût marqué par de profonds cernes.

À un moment, Ector posa ses petits yeux vifs sur Kai et lui dit quelque chose d'incompréhensible. Seule sa mère sembla déchiffrer ses mots, car elle en resta interdite. Elle s'empressa de le prendre dans ses bras et de le gronder :

– Non, Ector, ce n'est pas ton père. Tu as compris ?

Le bambin, évidemment, continua à rire et à s'agiter sans comprendre ce que sa mère voulait dire. Ma position m'empêchait de distinguer l'expression de Kai, mais la posture de ses épaules m'indiquait qu'il était pétrifié. Quand il se leva pour se diriger vers la porte d'entrée, il était blanc comme un linge. Il sortit et je ne pus feindre devant lui : Kai décrypta facilement mon expression, j'avais tout entendu. Avant que je puisse dire un mot, il me dépassa en me bousculant.

Je m'apprêtais à le rappeler, mais Ector, qui m'avait vu derrière la porte, éclata en sanglots. Ophelia le tint contre elle et se cacha dans un coin, comme si elle voulait disparaitre. Quand je me retournai de nouveau vers le sentier, Kai s'était volatilisé.

Le lendemain, je les trouvai à nouveau assis par terre, la tête d'Ophelia posée sur l'épaule de Kai, et Ector endormi entre eux. Mon frère et notre prisonnière paraissaient endormis aussi, mais un des deux faisait semblant. Un des deux n'était même pas capable de dormir.

Voir mon frère dans cet état ébranla mes certitudes.

Je l'interrogeai et il me répondit que cela faisait partie de son plan : faire en sorte qu'elle lui fasse confiance, rien de plus, rien de moins.

Je savais qu'il mentait. Un autre détail confirmait mes craintes : souvent, quand il était avec elle, il laissait carrément son sceptre, dont il ne se séparait jamais, appuyé contre la cheminée ! Je savais que si je lui réclamais des explications, il m'affirmerait que c'était pour ne pas l'effrayer, mais la vraie raison était bien plus déconcertante : Kai lui faisait confiance.

Je me fis un devoir de le surveiller toujours plus attentivement, jusqu'à ce qu'il m'annonce, un mois plus tard, que l'affaire était réglée : ce soir, Ophelia lui révélerait la façon de rentrer chez nous.

À ce moment-là, je n'avais aucune certitude que rien ne se soit passé entre eux. Ils s'étaient peut-être embrassés, voire plus, je ne pouvais pas le savoir : Kai était extrêmement réservé et semblait avoir compris que je l'espionnais, car il faisait attention à maintenir une distance avec Ophelia quand j'étais là.

Mais les yeux avec lesquels la jeune femme le regardait avaient changé. Une étincelle nouvelle y brillait ; ils formaient maintenant une équipe. Elle ne savait pas que la véritable équipe n'était composée que de deux personnes : Kai et moi.

En accord avec mon frère, j'allai ce soir-là me poster devant la fenêtre. En les observant, je me rendis tout de suite compte qu'il y avait bien une histoire entre eux : Kai était debout, nu, les cheveux détachés et les joues rouges. Ophelia se leva elle aussi, une couverture sur les épaules, un sourire de pur bonheur que je ne lui avais jamais vu. Elle caressa Ector, qui dormait sur un matelas de couvertures près de la cheminée, et le serra contre elle.

Kai s'était assis sur une des deux chaises, épuisé. Il était encore là quand Ophelia s'approcha pour l'embrasser sur ses cheveux corbeau. Puis la femme rassembla des épices et des pierres de différents bocaux et les mélangea dans un grand bol. Sur la table, en plus des herbes, étaient posées ses bagues, dont une avec un gros rubis.

– Si je fais ce que tu m'as dit… Tu me promets que vous vous en irez ?

Sa voix chevrotante donnait l'impression qu'elle allait pleurer. Kai lui pressa gentiment une jambe pour la rassurer.

– Je resterai près de toi jusqu'à ce qu'Ector et toi n'ayez plus besoin de moi.

Je retins ma respiration. Il avait vraiment promis une telle chose ? J'éprouvais de la peine pour cette fille si naïve. Elle ne pouvait imaginer que, dès qu'elle lui révélerait comment s'échapper de cette cage qu'était la Terre, Kai n'hésiterait pas à l'abandonner.

Plus je l'observais, plus ma compassion envers cette pauvre humaine qui travaillait pour sa propre ruine s'intensifiait.

Elle finit de mélanger les épices dans le bol et ferma les yeux. D'interminables secondes s'écoulèrent avant qu'elle ne les rouvre.

Une larme silencieuse glissait sur sa joue : qu'avait-elle découvert ?

Sans qu'elle le voie, Kai lança un regard fugace dans ma direction.

C'était le moment.

Ophelia s'essuya les mains sur sa jupe et annonça :

– J'ai vu une fille.

– Une fille ? Qui ?

Mon frère la dévisageait, perplexe. Comment une humaine pouvait-elle nous ramener à la maison ?

– Je ne sais pas, mais elle est très belle. Dans ma vision, elle a des cheveux blonds comme le blé et des yeux bleus comme la mer. Je sens sa douleur, elle a souffert. Mais au moment où je l'ai vue, elle ne le sait pas encore.

Kai semblait encore plus perdu.

– Comment est-ce possible ?

– Cette fille n'est pas encore née, expliqua Ophelia.

La jeune femme se pencha vers Kai et lui murmura quelque chose que je ne pus entendre. Kai acquiesça, pensif.

Puis un bruit nous fit tous sursauter. Des pas, une avalanche de pas en provenance du sentier. Après une attente aussi longue, ce qui arriva par la suite fut si inopiné que le temps semblait s'être joué de nous.

Une cinquantaine d'hommes encercla la maison d'Ophelia. Ils avaient des torches et des bâtons et scandaient son nom.

Je me cachai pour ne pas être vu, essayant de comprendre ce qui se passait. Les hommes allèrent à la porte et y assénèrent des coups pour la faire céder. Ector pleurait, désespéré.

À travers la fenêtre, je vis Kai m'implorer de réagir, mais je ne fis rien. Si nous intervenions en faveur d'une sorcière, nous perdrions notre prestige en ville, et une seule humaine n'en valait pas la peine. Même cette nuit-là, après tout ce que j'avais vu, je ne m'étais pas rendu compte que mon frère était tombé amoureux pour la première et dernière fois de sa vie.

Les hommes entrèrent. Ils arrachèrent Ector aux bras d'Ophelia, qui se débattait et suppliait Kai de l'aider.

Mais mon frère était pétrifié. Les hommes le félicitaient pour la capture de la sorcière. Tandis qu'elle pleurait, il fixait un point dans le vide.

Avant d'être trainée dehors, malmenée par cette horde enragée, Ophelia réunit assez de souffle pour nous maudire.

– La fille que j'ai vue mourra avant que vous ne la trouviez ! cracha-t-elle.

Elle pensait que c'était Kai qui avait fait venir ces hommes. Elle ne savait pas que mon frère était aussi innocent qu'elle. Terrassé, Kai ramassa mécaniquement les bagues abandonnées sur la table, dont celle sertie d'un rubis, et quitta les lieux sans se retourner.

Ce fut la dernière fois que nous vîmes Ophelia et Ector.

20

Le dernier mot de la destinée

Quand Vik eut fini de parler, mon nez coulait et une grosse boule s'était formée dans ma gorge. Même si la pluie avait cessé depuis un moment, nous étions encore mouillés, mais c'était ma dernière préoccupation ; seul comptait ce récit incroyable. J'avais encore l'impression de me trouver dans cette ville boueuse du passé, près de cette pauvre jeune femme et de son bébé.

– Je…, murmurai-je. Je ne sais pas quoi dire, et en même temps j'ai un millier de questions à te poser.

Vik acquiesça, pensif.

– Ça ne m'étonne pas. Tu peux me poser tes questions, mais vas-y doucement. Je ne suis pas encore totalement remis.

En effet, il se tenait le ventre, comme s'il avait des crampes.

– La fille blonde aux yeux bleus… c'est moi ?

– Oui.

« Cette fille n'est pas encore née. » C'est ce qu'avait dit Ophelia. Une femme était au courant de mon existence des siècles avant la naissance de mes parents. J'aurais dû rire à ce récit, mais j'avais vu trop de choses ces derniers jours pour ne pas le prendre terriblement au sérieux. J'avais la tête qui tournait si fort que je me serais certainement évanouie par terre si je n'étais pas déjà assise.

– Tu vas bien, Jules ?

J'ignorai sa question pour laisser libre cours aux miennes :

– Et qu'a chuchoté Ophelia à l'oreille de Kai ?

Vik soupira et baissa les yeux. C'était une question à laquelle il préférait ne pas répondre, mais je n'avais pas l'intention de rester une nouvelle fois sur ma faim.

– Qu'est-ce qu'elle a dit, Vik ?

J'insistai, mais c'est ce moment que choisit Kai pour apparaitre entre les arbres, un sac plastique à la main. On aurait dit qu'il se tenait prêt à bondir au secours de son frère. J'étais surprise de le voir : après son départ, je ne m'attendais pas à ce qu'il revienne. Kai nous regarda tour à tour d'un air laconique :

– J'en conclus que tu as décidé de rester. Et toi, de survivre.

Je pensais que son frère allait déverser sa colère pour avoir été abandonné alors qu'il avait besoin de soutien. J'étais moi-même énervée contre Kai pour son comportement irresponsable. Pourtant, Vik se contenta de hausser les épaules et l'accueillit sur le même ton :

– Et toi, tu as décidé de… faire les courses pour un pique nique ?

Pour toute réponse, Kai lança le sac plastique dans ma direction, mais je ne réussis pas à l'attraper et il tomba mollement dans l'herbe.

– Je m'ennuyais, alors je suis passé chez Jules pour lui prendre des vêtements de rechange.

– Merci, répondis-je à contrecœur.

Vik se leva avec difficulté.

– Tu as eu des problèmes, sur la route ?

– Plus ou moins, mais je les ai éliminés aisément.

En les écoutant, je remarquai que le langage de Kai était plus formel quand il parlait avec son frère que lorsqu'il s'adressait à moi. Je percevais que le respect fraternel qu'ils éprouvaient l'un pour l'autre était très profond.

De mon côté, je n'avais aucune intention d'être formelle. J'enjambai donc le sac plastique et l'apostrophai :

– On peut savoir pourquoi tu as été me chercher des affaires si tu pensais que j'allais partir ?

– Je suis peut-être un pauvre con dénué de sentiment, mais je ne suis pas stupide.

– C'est-à-dire ? Pourquoi est-ce que tu étais certain que je ne me serais pas enfuie ?

Kai, plus sérieux, haussa les épaules, ignorant délibérément ma question, me fit un clin d'œil et s'en alla comme il était arrivé, laissant derrière lui un silence de plomb. Même Vik, qui m'avait plusieurs fois rassurée avec son caractère jovial et serein, semblait maintenant perturbé.

– Je… je ne pouvais pas te laisser mourir tout seul. Tu as toujours été gentil avec moi et je voulais te rendre la pareille. Mais maintenant que tu vas mieux, je suis prête à partir. J'ai écouté ton récit et j'ai réfléchi. Je ne sais pas comment ni pourquoi je pourrais vous aider à rentrer chez vous. Je pense même que vous vous êtes trompés de personne. Je suis désolée, mais je ne suis pas la fille que vous a décrite Ophelia.

Je ramassai le sac et me dirigeai vers la tente, mais la voix grave de Vik m'immobilisa sur place :

– Tu devais mourir, Jules. C'était ton destin et les ombres continueront à te chercher jusqu'à ce qu'il se réalise. La mort continuera à te poursuivre jusqu'à ce que tu la rejoignes et nous…

– Qu'est-ce que tu racontes ?

Quand ses yeux croisèrent les miens, le souvenir de mon accident de voiture, quand j'avais fait une sortie de route à cause du message de Hannah, me frappa de plein fouet. La chaleur qui m'avait envahie alors, puis le néant.

– C'est toi qui m'as sauvée ?

Vik humidifia ses lèvres sèches. Refoulant la douleur à chaque pas, il s'approcha de moi. Son front perlait de sueur. Il tendit une main… et la chaleur était identique. Je n'avais pas besoin d'autres preuves.

– Mon frère te surveillait depuis un bon moment. Mais je voulais moi aussi avoir le plaisir de faire ta connaissance. Heureusement que je te suivais ce jour-là, sinon je serais arrivé trop tard.

Je dus me tenir à son bras pour ne pas m'effondrer par terre. Ma vie ressemblait de plus en plus à un puzzle dont je n'arrivais pas à assembler les pièces malgré mes efforts.

– Quand je me suis réveillée à l'hôpital, ils m'ont dit que je n'avais même pas une égratignure.

– Kai. Tu perdais trop de sang. Si je ne lui avais pas demandé d'intervenir et de te soigner, tu serais morte.

– Je vois, murmurai-je.

Mais ce n'était pas vrai, je ne comprenais rien : qu'est-ce que ça signifiait que Kai me suivait depuis un moment, et que Vik avait choisi ce jour pour me rencontrer ? Que représentais-je vraiment pour les deux frères ? J'inspirai profondément et essayai de mettre de l'ordre dans le peu de connaissances que j'avais.

– Si je résume : soit je rentre chez moi et les ombres me poursuivront, soit je reste avec vous et je suis votre prisonnière. Comme Ophelia.

Vik secoua la tête.

– Non, pas du tout. Tu es notre alliée. Je ne sais pas exactement quel sera ton rôle pour ouvrir la porte de l'enfer et nous ramener chez nous, mais je sais une chose : si tu nous aides à rentrer, nous prendrons une bonne fois pour toutes le contrôle de l'enfer à notre père, et les ombres seront alors sous notre commandement. On leur ordonnera d'arrêter de te chercher et tu pourras reprendre ta vie normale.

– Et si je ne suis pas la fille dont parlait Ophelia ? Si je n'arrive pas à ouvrir cette porte ?

Ma voix se brisa. J'aurais voulu me montrer sûre de moi, mais l'angoisse me rongeait et je devais lutter pour ne pas trembler.

– C'est toi, Jules. Et je sais que tu y arriveras.

Je me changeai avec les vêtements que Kai avait récupérés. Dans le sac, je trouvai un tee-shirt des Metallica que j'avais acheté à un concert il y a des années et un jean qu'il avait certainement trouvé en boule sur mon lit. Au fond, il y avait aussi un assortiment de culottes et de soutiens-gorge en dentelle que Kai avait probablement pris dans le seul but de me rendre nerveuse. Une fois prête, je restai sur le seuil de la tente et regardai la lumière du soleil filtrer entre les branches. Une part de moi savait que Vik avait dit la vérité concernant les ombres : la seule chance que j'avais de retrouver ma vie d'avant était de les aider.

Mais une autre part de moi était persuadée qu'il manquait une pièce importante dans l'histoire des deux frères. Ils ne m'avaient pas tout raconté. J'avais beau essayer, je n'arrivais pas à mettre le doigt sur l'élément qui me faisait défaut.

Je fixais encore les pans de l'ouverture de la tente quand j'entendis un bruit étrange.

D'habitude, à cette heure du soir, Vik était concentré sur ses tâches, la chasse ou la surveillance de notre périmètre ; de qui s'agissait-il ?

– Kai ?

Mon murmure inquiet n'obtint aucune réponse. Mon cœur commença à tambouriner dans ma poitrine. Je n'avais pas eu le temps d'attraper mon fidèle couteau que je vis la fermeture éclair de la tente s'ouvrir légèrement. J'essayai de me renfoncer dans l'obscurité, la petite lampe dynamo n'éclairait faiblement que mon inconfortable lit. Ce n'est que quand une tête surmontée de boucles rousses pénétra curieusement dans la tente que je poussai un soupir de soulagement.

– Gabriel, balbutiai-je.

Je courus vers lui et me jetai dans ses bras. Sa première réaction fut un mélange de confusion et de surprise, mais dès qu'il se rendit compte que c'était moi, il me rendit mon étreinte et me serra fort contre lui.

– Jules ! C'est vraiment toi ?

Il attrapa mon visage entre ses mains, m'observant minutieusement comme s'il doutait encore de ce qu'il avait sous les yeux. D'ailleurs, je peinais moi aussi à le reconnaitre : sa peau était couverte de terre et une grosse griffure encore sanguinolente barrait sa joue. Ses cheveux roux étaient pleins de boue et ses vêtements larges étaient déchirés.

– Comment est-ce que tu m'as trouvée ? Qu'est-ce qui t'est arrivé ?

Je l'invitai à s'assoir dans la tente, non sans avoir d'abord vérifié qu'aucun des deux frères ne l'avait vu arriver. Dehors, tout semblait immobile.

Je lui offris une bouteille d'eau qu'il but d'une traite avant de trouver le souffle pour répliquer :

– Qu'est-ce que toi tu fais ici ? Je te cherche depuis une semaine et je te trouve dans une tente, en train de camper au milieu de… nulle part ?

Sa voix et son visage familier m'émurent au point qu'une larme glissa sur ma joue. Je me rendis compte, en le serrant contre moi, à quel point j'avais besoin d'un peu de normalité.

– Je ne suis pas en train de camper. C'est une longue histoire, mais je vais bien. Comment tu m'as trouvée ?

Avoir près de moi une personne que j'aimais m'emplit d'espoir. Je n'étais plus seule.

Gabriel n'eut pas l'air de s'en apercevoir, trop concentré à regarder autour de lui.

– Ça n'a pas été une mince affaire. C'est même un miracle que je sois en vie…

Et il replongea dans ses souvenirs des derniers jours. Il me dit que cet après-midi-là, il était venu chez moi, comme tous les jours depuis que j'avais disparu de la fac et des réseaux. Il n'y avait jamais personne, d'ordinaire.

– J'allais m'en aller quand j'ai vu un type sortir de ton appartement. Je me suis caché le plus vite possible et j'ai remarqué qu'il tenait un sac avec des vêtements.

– Kai, devinai-je.

– Tu le connais ?

– Oui, malheureusement.

J'indiquai le sac plastique abandonné par terre pour lui faire comprendre que les affaires que je portais étaient justement celles dont il parlait.

Gabriel le fixa d'un air encore plus perdu et poursuivit son récit :

– Bref, ce type ne m'inspirait pas vraiment confiance, donc j'ai décidé de le suivre. J'ai réussi à le filer pendant plus de deux heures, à distance raisonnable derrière sa Range Rover. Puis, d'un coup, j'ai crevé et j'ai terminé dans le fossé.

« Je les ai éliminés aisément » : les mots de Kai me revinrent. Est-ce lui qui avait crevé son pneu, de la même façon qu'il avait abattu un corbeau, pour se débarrasser de ce suiveur indésirable ? L'aurait-il tué pour si peu ?

Mes doutes furent confirmés par Gabriel qui poursuivait ses explications :

– Je ne sais pas comment c'est possible. Je n'ai rien touché avec mes roues. Ma voiture a fini sa course contre un arbre et la carrosserie s'est pliée. Elle est complètement détruite, donc j'ai dû marcher pendant des heures. J'ai eu une chance énorme d'arriver ici et de te trouver. En vrai, je cherchais seulement quelqu'un à qui demander de l'aide.

– Je suis tellement contente que tu m'aies trouvée. Merci, Gabriel, tu ne devais pas faire tout ça pour moi.

Je le pris dans mes bras encore une fois. Je n'osais même pas imaginer ce qui se serait passé s'il était tombé sur Kai. Gabriel me repoussa gentiment et plongea ses yeux doux et sérieux dans les miens.

– Si, je devais. Même si, apparemment, tu n'avais peut-être pas besoin d'être sauvée.

Je ressentis la nécessité de tout lui avouer, sans rien lui cacher, même ce que je ne comprenais pas moi-même. Lui parler des deux garçons qui m'avaient sauvé la vie, mais qui me gardaient prisonnière. Des ombres qui menaçaient de me tuer à cause d'un destin qui ne s'était pas réalisé. Des histoires de sorcières, de morts, de prophéties.

Mais j'avais du mal à y croire et j'étais certaine que Gabriel, qui n'avait pas vu ce que j'avais vu, me prendrait pour une folle.

Ce que je craignais le plus, en réalité, c'était que, si je révélais à mon ami la véritable identité de Viktor et Kai, les deux frères décident de le tuer. Ils l'avaient déjà fait par le passé, et j'avais peu d'espoir qu'ils épargnent un humain quelconque. Je devais être extrêmement attentive si je voulais que Gabriel rentre chez lui sain et sauf. Je devais le protéger. Ce qui signifiait que je devais lui mentir.

– Je… je vais bien. J'avais besoin de m'éclaircir les idées et je suis partie pour quelques jours.

Je compris à son regard que Gabriel ne me croyait pas.

– Jules, s'il te plait. Quand tu m'as vu entrer, tu m'as accueilli comme un prince charmant qui vient te sauver de la méchante reine. Si tu ne veux pas me dire la vérité, très bien, fais comme tu veux. Mais cette nuit, tu viens avec moi.

Je tentai de me défendre, mais Gabriel ne m'en laissa pas le temps. Il me prit par la main et m'entraina dehors.

Dès que nous sortîmes dans la clairière, nous nous trouvâmes nez à nez avec deux grands visages qui nous fixaient telles des sentinelles de la nuit. Vik et Kai scrutèrent Gabriel avec des yeux assassins et mon ami en fut pétrifié.

Sa main tremblait dans la mienne. J'étais maintenant habituée à la stature insolite de mes deux nouveaux « compagnons » et surtout à l'apparence presque sauvage de Vik. Mais pas Gabriel. Ce n'était pas surprenant qu'il soit aussi intimidé face à lui et Kai, qui se penchaient vers lui pour l'observer.

– Salut, le rouquin. Je croyais m'être débarrassé de toi.

Le regard perplexe de Vik me fit comprendre qu'il ne savait pas que le « problème » dont son frère avait dû s'occuper était Gabriel. Vik relâcha légèrement ses muscles et s'avança vers nous. Gabriel recula, puis réussit à bégayer :

– Vo… vous… êtes qui ?

Vik leva une main, pour essayer de l'apaiser.

– On ne veut pas faire de mal à Jules…

Il fit une petite pause et lança un regard de reproche à Kai.

– … ni à toi. Par contre, je te demanderai de retourner d'où tu es venu. Jules est en sécurité avec nous. Si tu restes, tu la mets en danger. Elles pourraient t'avoir suivi.

– Qui pourrait m'avoir suivi ?

– Crois-moi, tu préfères ne pas savoir. Tu peux partir, maintenant ?

Mon meilleur ami me serra encore plus fort la main, ce qui ne plut pas spécialement à Vik.

– Mauvaise réponse.

– Non, s'enhardit Gabriel. Elle vient avec moi.

– Dans la nuit ? Et avec quelle voiture ?

La pique de Kai, accentuée par un sourire espiègle, fit voir rouge à Gabriel qui se lança sur lui. Kai n'eut qu'à remuer les doigts pour l'étendre à terre.

– Arrête !

Je me précipitai à son secours. Gabriel bougonna qu'il allait bien et se redressa sur les coudes. Je lançai un regard empli de haine à Kai, qui fixait ses pieds nus, puis annonçai :

– Je le raccompagne chez lui.

Vik s'apprêtait à objecter, mais je ne lui en laissai pas le temps.

– Ça ne sert à rien. Ombres ou pas, j'y vais. Même si je risque ma vie.

J'aidai Gabriel à se relever. Je sentais le regard des deux frères suivre chacun de mes mouvements.

– Tu peux me prêter ta voiture ?

À ma question, Kai se contenta de détourner les yeux.

– OK, on rentre à pied. Viens, Gabriel.

Je l'entrainai vers le bois en zigzaguant entre les arbres. Je sentais derrière moi l'incompréhension et la fureur des deux frères. Mais à peine avions-nous parcouru quelques mètres qu'un bruissement de feuilles me paralysa.

Je connaissais ce bruit.

J'étais tellement immobile que j'en oubliai presque de respirer. Gabriel m'observa, dérouté.

– Tu vas bien, Jules ? Viens ! Tu attends quoi ?

– Tu as entendu, toi aussi, non ?

Gabriel regarda autour de lui sans comprendre.

– Le bruissement, tu veux dire ? Oui, on est dans la forêt. C'est sûrement un animal.

J'avalai ma salive avec peine quand j'entendis le même bruit, plus proche encore.

– Non, Gabriel, je ne pense pas qu'il s'agisse d'un animal.

Les évènements qui suivirent furent si rapides que j'eus du mal à saisir ce qui se passait. Kai apparut avec son sceptre, mais une force invisible le percuta à l'abdomen et il se retrouva plié en deux de douleur. Vik brandissait la hache qu'il utilisait pour couper le bois et la faisait tournoyer en l'air en grinçant des dents. Kai lutta pour se remettre debout tout en me lançant un regard qui ne signifiait qu'une chose : « Mets-toi en sécurité. »

Notre cachette avait été découverte. Vik l'avait prédit : Gabriel avait été suivi. Viktor m'avait expliqué que c'est durant la nuit que les ombres étaient les plus puissantes, car elles étaient impossibles à distinguer. Aussi invisibles que les ténèbres, aussi aiguisées que la mort.

Je commençai à courir vers la tente avec Gabriel pour récupérer mon couteau. Une main glacée s'empara de ma cheville et je tombai tête la première par terre. Pendant un instant, tout devint flou. J'essayai de me relever, mais une autre main glacée m'attrapa la nuque avec force et m'écrasa à terre.

J'allais donc mourir ainsi ?

Des doigts froids encerclaient mon cou et l'enserraient tellement fort que j'avais du mal à respirer.

Puis la force invisible se détendit.

Je regardai autour de moi, déboussolée : avaient-elles décidé de me laisser la vie sauve ?

Seulement alors, je compris ce qui s'était passé.

Je crus défaillir : Gabriel était étendu sur le sol, inerte. Ses yeux vitreux étaient perdus dans le vide.

21

Dernier espoir

– Gabriel ! hurlai-je à en perdre haleine.

Du sang coulait de mon nez pendant que je rampais avec le peu de force qui me restait pour me rapprocher de mon ami. Son corps était en proie à de monstrueux spasmes musculaires.

– Viktor ! criai-je, désespérée.

Les ombres avaient attaqué Gabriel de la même façon qu'elles avaient frappé Vik la nuit précédente, mais Gabriel était seulement un homme. Ce mal avait fait ployer le fils du diable, en combien de temps tuerait-il une personne normale ?

Vik s'accroupit près de moi et redressa la tête de Gabriel.

– L'enchantement est en train de le tuer de l'intérieur, extrêmement vite.

Sa voix était grave. Les larmes ruisselaient sur mes joues, sans retenue.

– Mais quand ? Qu'est-ce qui s'est passé… ?

– Il s'est sacrifié pour toi.

Vik prononça ces mots comme si c'était la chose la plus évidente au monde. Je tendis une main pour le toucher : le front de Gabriel était froid. Je continuais à l'appeler, mais ses pupilles restaient fixes. Je repensais au jour où il m'avait préparé le petit-déjeuner et où j'avais été si désagréable avec lui… À toutes les fois où il m'avait souri…

Je levai les yeux et vis la main tendue de Vik.

– On doit y aller, Jules, avant qu'elles ne reviennent.

Je le regardai, sans vraiment le voir. Je n'arrivais pas à accepter sa tranquillité dans un moment pareil. Comment les deux frères pouvaient-ils être aussi indifférents face à la détresse des autres ?

– Je ne bougerai pas sans Gabriel ! Si vous avez besoin de moi pour rentrer dans votre foutu enfer, vous devrez d'abord l'aider !

Vik fit mine de répondre à mon exclamation, mais Kai le poussa sans ménagement et se campa devant moi. Il tenait une main appuyée sur sa blessure au ventre.

– Il y a une chose que tu n'as pas dû comprendre, ma belle. Mon frère et moi *ne sommes pas* humains, et c'est déjà un miracle que Vik ait survécu à l'attaque d'hier.

Ce morveux inutile est mort à la seconde où il a croisé la route des ombres.

Je dus me retenir pour ne pas le gifler. Mes muscles me suppliaient de le frapper le plus fort possible, pourtant je fis l'inverse au prix d'un effort effroyable : je pris sa main.

Kai, confus et dégoûté en même temps, regarda mes doigts serrer les siens, tachés de sang. Il ne devait pas vraiment apprécier les marques d'affection.

– Tu peux le faire, Kai. Je t'en supplie, tu peux le sauver.

Je ravalai mon orgueil et ma colère pour prononcer ce « je t'en supplie » avec toute l'émotion que je pus rassembler.

Mais mon cœur et mes espoirs volèrent en éclats quand, imperturbable comme toujours, il libéra sa main d'un geste brusque. Je l'apostrophai alors sans aucune réserve :

– Je te hais !

Vik fixait son frère avec un regard de reproche sardonique.

– Toujours fidèle à toi-même, petit frère. Dans la tente, il y a un kit de premiers secours, va soigner tes blessures. Concernant ton ami, Jules, il y a peut-être un espoir. Mais c'est risqué.

J'agrippai les bras de cet homme robuste au visage d'enfant. Je n'avais cure de passer pour une désespérée à leurs yeux. C'était moi qui avais entrainé Gabriel là-dedans, c'était moi qui l'avais conduit dans les bois : tout était ma faute.

– Peu importe que ce soit risqué. Je te promets que, dès qu'il sera hors de danger, je ferai tout ce que je peux pour vous aider.

Vik fixa le sol pendant des secondes qui me semblèrent interminables avant de se prononcer.

– C'est d'accord. Dès que Kai sera prêt, il ira récupérer la voiture.

J'aurais voulu protester, dire que nous n'avions pas besoin de lui, mais je n'en avais pas la force. En ce moment, je devais seulement penser à ne pas perdre un instant, pour le bien de Gabriel.

De son côté, Kai recouvrait sa blessure au ventre avec une compresse stérile. Il ne semblait pas non plus ravi de ce choix.

– Frérot, tu sais que la vieille ne nous aidera pas.

Par chance, Vik ne l'écouta pas, il lui fit signe de prendre la tête vers la Range Rover.

Nous chargeâmes le corps inerte de Gabriel à l'arrière et je m'assis près de lui. Je caressais ses boucles rousses pendant que les deux frères s'installaient à l'avant. Je demandai, impatiente :

– On en a pour combien de temps ?

– Cinq, six heures, peut-être. Difficile à dire, répondit Vik.

Kai régla le rétroviseur central, mais quand il croisa mon regard, il détourna immédiatement le sien.

– De qui vous parliez ? Et pourquoi cette personne ne nous aiderait pas ?

– On va voir une femme très dangereuse, Jules. On l'a contactée il y a des années pour lui demander de l'aide et elle nous a envoyés balader. Elle ne nous laissera jamais entrer, mais peut-être que toi, tu auras une chance de lui parler.

Le ton de Vik était doux. Il se rendait compte à quel point j'étais sous le choc et, contrairement à son frère, il tentait de m'aider. Il y avait une dernière chose que je voulais demander, mais j'avais trop peur de le faire, car je craignais la réponse. Vik sembla lire dans mes pensées, car il soupira et dit :

– C'est notre seule chance. Si Madame Bijoux refuse de te voir, nous n'aurons pas le temps de chercher une autre solution.

J'acquiesçai, abattue, en repensant à toutes les fois où je m'étais mal comportée avec Gabriel, sans lui donner l'importance qu'il méritait, et à la façon odieuse avec laquelle j'avais réagi face à sa gentillesse.

Je passai plus de cinq heures à fixer les arbres qui défilaient par la fenêtre, jusqu'à ce que le paysage change et que Vik annonce que nous étions bientôt arrivés.

L'herbe des champs s'était transformée en sable rougeâtre, et les arbres avaient presque entièrement disparu. Dans le ciel, il n'y avait aucun oiseau, pas un nuage. J'avais l'impression d'être entrée dans une autre dimension. Après plusieurs kilomètres dans ce désert, je devinai au loin la silhouette d'une maisonnette.

Plus nous nous approchions, plus je distinguais les détails : les murs à la peinture écaillée et blanchie par le soleil, le toit en bois qui menaçait de s'écrouler d'un instant à l'autre, le patio recouvert de sable rouge et un petit moulin rouillé qui tournait en couinant. Il semblait avoir été construit là dans le seul but d'effrayer les gens.

Kai se gara au début du chemin qui menait à la maison et cracha par la fenêtre baissée.

– Je déteste cette vieille mégère.

– Espérons qu'elle ne t'ait pas vu, répondit Vik.

Il ouvrit sa portière. Avant de descendre, il se tourna vers moi.

– Jules, écoute-moi. Il y a certaines choses que tu dois savoir sur Madame Bijoux. Premièrement, ne lui dis pas ton nom. Sous aucun prétexte. Tu m'entends ?

J'opinai distraitement du chef. Je trépignais d'impatience, tiraillée par l'espoir de sauver mon ami.

– Deuxièmement, n'accepte rien de ce qu'elle t'offre. Ni à boire, ni à manger.

– D'accord, j'ai compris. Je peux y aller ?

Vik acquiesça, mais ses yeux continuèrent à me fixer pendant que je sautais de la voiture et me dirigeais vers la maison d'une démarche assurée. C'était un lieu extrêmement inquiétant : il s'agissait de la seule habitation à des kilomètres à la ronde mais, à en juger par l'état de l'allée, elle semblait aussi abandonnée. Je n'aimerais pas me trouver seule ici, surtout de nuit.

Je portai une main à mon front : le sable m'irritait les yeux, m'obligeant à les clore à moitié. J'arrivai au portail dégondé et sentis une terreur sans nom m'envahir.

Mon instinct me hurlait de partir, mais je ne pouvais m'octroyer le luxe de l'écouter. Je frappai trois fois.

Aucune réponse.

Je m'éclaircis la voix.

– Madame… Madame Bijoux ?

Silence.

– Mon ami est en danger. S'il vous plait, vous pouvez m'aider ?

Et si elle n'était pas là ?

Après un long moment d'attente, je me retournai vers Vik, qui secoua la tête comme pour me dire qu'il n'y avait plus rien à faire. Désespérée et prise de nausée, je m'apprêtai à faire marche arrière quand j'entendis un grincement : avec un mouvement d'une lenteur exténuante, la porte s'ouvrait.

Indécise, je lorgnai par l'interstice, mais seul le noir complet m'accueillit. J'utilisai alors la pointe de ma chaussure pour agrandir l'ouverture de la porte et je passai la tête à l'intérieur. Une odeur rance de poussière et de moisissure me prit aux narines, m'obligeant à grimacer pour ne pas tousser. Qui pouvait bien vivre ici ? Un cadavre ?

Je plissais les yeux pour m'habituer à l'obscurité quand une bougie éclaira soudain une petite pièce remplie de meubles.

Au centre, il y avait une table basse pour le thé, un divan rouge poussiéreux et un fauteuil marron foncé. Madame Bijoux, assise sur ce dernier, était entourée d'un nuage de fumée.

– Bonjour, *petite fille*[1]. Je t'en prie, entre.

Sa voix éraillée reflétait parfaitement son apparence. Elle ne devait pas mesurer plus d'un mètre cinquante, elle était un peu courbée et totalement fripée. Ses yeux se réduisaient à deux fentes, qui se confondaient avec les rides profondes qui striaient son visage. Son nez était exagérément proéminent, à tel point qu'il paraissait lui faire perdre l'équilibre. Ses vêtements, aussi poussiéreux que les meubles, étaient décorés d'innombrables pierres et pendentifs. Ses poignets fins étaient recouverts de bracelets. Je me demandai comment elle arrivait à lever les bras, mais je me retins aisément de lui poser la question. Je tentais de garder la tête haute alors que je m'approchais pour m'installer sur le divan, comme elle m'avait invitée à faire.

Dès que je m'assis, je m'enfonçai de tout mon poids. Les lattes étaient sûrement cassées. Un nuage de poussière presque solide s'éleva autour de moi dans une sordide étreinte.

– Madame, je… Mon ami… Mon ami est malade.

Je n'arrivais pas à m'exprimer. Cette atmosphère m'angoissait tellement que j'avais même du mal à aligner deux mots.

Madame Bijoux m'adressa un sourire en coin, aucunement rassurant.

– Je sais, ma chère. Ton ami a été touché par les ombres.

1. En français dans le texte. (Note de la traductrice.)

Elle savait ce qui était arrivé à Gabriel sans que je lui dise rien. Je trouvai son omniscience inquiétante, mais cela me poussait aussi à croire qu'il y avait peut-être un espoir de l'aider. Je n'osai cependant rien dire dans le silence qui suivit les mots de Madame Bijoux. Le corps de la vieille femme était tellement immobile qu'on aurait dit une marionnette. Ses yeux étaient tournés dans ma direction, mais je n'avais pas l'impression qu'elle me regardait, moi. Elle semblait plutôt regarder en moi.

– C'est cela, madame, dis-je enfin pour rompre ce malaise. Il ne lui reste plus longtemps…

Elle m'interrompit d'un geste. Elle versa du thé fumant dans une tasse rose de porcelaine. Étonnée, je remarquai que le service à thé était la seule chose dans la maison à ne pas être recouverte de poussière.

– Tu veux du thé, ma chère ?

« N'accepte rien de ce qu'elle t'offre. Ni à boire, ni à manger. »

Heureusement que Vik m'avait prévenue, sinon j'aurais accepté sans hésiter, uniquement pour ne pas vexer cette femme que j'imaginais être une sorcière.

– Je vous remercie, mais comme je vous le disais, je ne vais pas m'éterniser…

D'un simple clignement de paupières, la vieille femme me coupa la parole. Au sens propre : j'avais l'impression que je n'avais plus assez d'air pour prononcer une phrase, ni même un simple son. Je commençai à m'agiter sur le divan.

– Comment t'appelles-tu, *petite fille* ?

Je pus parler à nouveau, j'en ressentais même le besoin. Je savais que je ne devais pas dire mon nom, ainsi j'utilisai le premier qui me vint à l'esprit : Ophelia.

La sorcière fit un signe de la tête, aucunement satisfaite. Elle sentait que je lui mentais, mais qu'aurais-je pu faire d'autre ? Le temps m'était compté, au même titre que s'égrenait sa patience, mais je me devais d'essayer.

– Dites-moi ce que je peux faire pour vous. Si vous sauvez mon ami, je...

– Ton ami n'a aucune chance. Ce qui l'a frappé a un pouvoir démesuré, un des plus puissants qui existent, et je ne suis qu'une vieille femme qui n'a même plus la force de se lever de son fauteuil.

Alors qu'elle parlait, la bougie se consumait à une vitesse phénoménale, comme si elle aussi avait hâte de disparaitre. La lumière s'amenuisait et les orbites de Madame Bijoux ressemblaient de plus en plus à des cavernes.

– Je vous en prie. Je jure que je ferai tout pour sauver Gabriel !

Ses yeux étaient maintenant deux poches de ténèbres.

– Oh, *petite fille*... Tu es si ingénue. La bougie est consumée, et avec elle notre entretien prend fin.

Le monde sembla s'effondrer. En courant après cette vieille folle, je n'avais fait que perdre du temps. Je savais maintenant que Kai avait raison, jamais elle ne m'aurait aidée.

– Très bien, madame. Si vous permettez, mon ami a besoin de moi.

Je me levai en frottant mes mains sur mon pantalon pour en retirer la poussière.

La flamme de la bougie tremblait dans un lac de cire. Je me dirigeai vers la porte et le grincement du parquet sous mes pas se mélangea à la voix chevrotante de la vieille sorcière.

– Le diable est un menteur. N'espère pas que ses fils agissent différemment. On se reverra bientôt, *petite fille*.

Puis la demeure fut plongée de nouveau dans le noir complet.

22

Nuit glaciale

Alors que Kai mettait la voiture en marche, Vik commenta notre vaine tentative.

– Cette femme est terrible. Mais j'essayais de me convaincre que tu y arriverais, toi…

– Elle n'a pas cédé au charme de mes beaux yeux, répondis-je sèchement.

– C'est surtout qu'elle nous déteste. Elle savait que tu étais avec nous. Il n'y avait aucune chance, marmonna Kai.

– Tu as fait attention à ne pas lui donner ton nom ?

J'acquiesçai, sans lui avouer que j'avais utilisé celui d'Ophelia.

Gabriel était toujours inconscient. Ses yeux écarquillés m'effrayaient chaque fois que je le regardais, mais cela ne m'avait pas empêchée de garder sa main dans la mienne. Son état n'empirait pas, mais ne s'améliorait pas pour autant, et je ne pouvais que caresser ses cheveux et prier pour que Vik me dise d'un instant à l'autre qu'il existait une autre solution. Mais les minutes passaient, l'asphalte glissait sous nos roues et Vik ne pipait mot.

La route nous ramena vers les montagnes, même si je ne reconnus pas les cimes que Kai et moi avions dépassées pendant notre voyage ensemble. Quand le ciel se teinta de rose, la Range Rover rétrograda avec un bruit sourd et tourna dans un parking de motel.

Le réceptionniste nous donna les clés de deux chambres. Évidemment, les frères essayèrent de cacher le plus possible Gabriel, pour éviter que quelqu'un ne s'inquiète ou n'appelle les secours, voire pire, la police. Kai, avec sa délicatesse habituelle, déclara :

– Je dors avec le mort. Je n'ai pas envie de faire la conversation.

– Pas question. C'est moi qui dors avec Gabriel. S'il lui arrive quelque chose pendant que je ne suis pas là, je ne me le pardonnerai jamais.

Vik posa une main sur mon épaule.

– Ne t'inquiète pas, Jules, Kai ne dort pas et je suis sûr que Gabriel restera dans cet état encore un peu avant de…

– Je sais. Pas besoin de le dire.

Finalement, je cédai et laissai Kai emmener Gabriel. Je ne voulais pas l'admettre, mais j'étais en partie soulagée de ne pas avoir à passer la nuit devant les yeux vitreux de mon meilleur ami. Kai prit Gabriel sous le bras comme si c'était un sac de linge sale et l'installa dans sa chambre. Avant qu'il ne referme la porte, il me lança un regard que je n'arrivai pas à interpréter. C'est à ce moment que je compris que j'allais passer la nuit à me demander si Kai allait faire du mal à Gabriel : plus je passais de temps avec lui, moins je lui faisais confiance.

« Le diable est un menteur. Ne t'attends pas à ce que ses fils agissent différemment », avait dit Madame Bijoux. Une mise en garde, mais à propos de quoi ? Et surtout, pourquoi devais-je me fier à une vieille femme qui avait refusé de m'aider ?

La chambre que Vik et moi partagions était identique à celle où j'avais séjourné avec son frère, à la différence qu'il n'y avait qu'un lit double. Une des fenêtres ne fermait pas bien et la température était glaciale : une porte ouverte aux intempéries.

Dès que Vik remarqua que je fixais le lit, ses joues rosirent et il s'empressa de dire qu'il s'installerait sur le fauteuil.

Je lui souris, embarrassée, croisant les doigts pour ne pas être devenue moi aussi rouge comme une tomate.

J'étais tellement épuisée que je m'enfilai sous les couvertures dès que j'eus pris ma douche. Le lit était gelé, et le matelas aussi dur que le sol. Je roulai un coussin sous ma nuque et j'observai Vik jouer avec un couteau, assis sur le fauteuil bien trop petit pour lui.

– Vik ?

– Hum ?

– Vous avez fait quoi, Kai et toi, après... après Ophelia ?

J'avais tiré la couverture jusque sous mon menton, mais je grelottais encore de froid. Vik interrompit son jeu et fixa le plafond.

– On s'est promis de ne plus jamais tuer. On a continué à voyager et voyager encore à la recherche de cette femme blonde aux yeux bleus. Après des siècles, on s'est convaincus qu'elle... que tu n'existais pas. Ou que tu étais déjà née et morte sans qu'on te trouve.

– Et le-lequel de vous deux m'a trou-ou-ou-vée ?

Mes dents claquaient si fort que j'avais du mal à parler sans bégayer. Vik s'aperçut que je tremblais, et après m'avoir observée avec curiosité, il se contenta d'un simple « Que vous êtes fragiles, vous, les humains. » Puis il s'approcha du lit et me demanda la permission de me rejoindre d'un regard.

J'acquiesçai et lui fis de la place.

J'étais terrorisée à l'idée de dormir près de lui, mais dès qu'il s'allongea sur la couette, une douce chaleur m'envahit, si agréable que je faillis m'endormir.

– Ça va mieux ?

– Oui, merci. On se croirait dans un film.

Je repensais à Gabriel et ajoutai :

– Un film d'horreur.

– Je ne sais pas, je n'en ai jamais vu.

– Tu n'as jamais vu de film d'horreur ?

– Je n'ai jamais vu de film.

– Mais comment c'est possible ?

– Je trouve ça… obsolète.

J'éclatai de rire, il avait prononcé cette phrase d'un ton tellement naïf et sincère. Mais son regard était si profond et intense qu'il me coupa la respiration.

– Tu es mignonne quand tu souris.

– Ça ne m'était pas arrivé depuis longtemps.

Il s'approcha de moi et je glissai la tête sous son menton, contre son torse. Il se mit à me caresser les cheveux, et je tombai rapidement dans un sommeil tranquille.

– … Jules ?

Cette voix au loin, comme un écho, me réveilla. Je me trouvais dans une énorme pièce blanche, dont on ne voyait pas les murs. Et cette voix familière qui continuait à m'appeler.

– Jules… Jules…

Je me mis à courir, espérant rejoindre la voix spectrale, sans y réussir. Après une course exténuante qui m'avait vidée de presque toute mon énergie, je vis apparaitre dans un coin un amas de boucles rousses.

– Gabriel !

Ma voix aussi était un écho. Pourtant, il était bien là. Ses yeux n'étaient plus vitreux et écarquillés, mais lucides et attentifs. Il souriait tranquillement. Je me précipitai dans ses bras et le serrai contre moi. Je savais qu'il s'agissait d'un rêve, mais il avait l'air tellement réel que je ne voulais pas le laisser partir.

Je me mis à sangloter contre lui.

– Désolée… Désolée, tout est ma faute.

– Chut, Yeux Bleus, ne pleure pas. Ce n'est pas de ta faute. Et je n'en ai pas l'air, mais je vais bien. Je n'ai jamais été aussi bien. Je continue à faire du skate dans des spots sensationnels.

Il essuya une larme avec son pouce et me releva doucement la tête pour que je le regarde dans les yeux.

– Tu me manques.

Je le lui avais dit sans réfléchir, me sentant stupide de parler comme ça dans un rêve, mais il accueillit avec grâce ces mots et pressa ma main.

– Écoute-moi, Jules. Il y a autre chose que tu dois savoir, mais je ne suis pas sûr d'avoir le temps.

– Quoi ?

Je fus arrachée à son étreinte, à son regard, à ses mots pas encore prononcés, pour revenir dans la cruelle réalité.

Quand j'ouvris les yeux, mon rêve s'était déjà totalement dissipé. Vik me secouait énergiquement.

– Jules, réveille-toi ! C'est Gabriel.

Il n'avait pas besoin d'en dire plus : je sautai hors du lit et sortis sans réfléchir.

La porte de l'autre chambre était béante et Gabriel gisait sur le lit. Il suffoquait et toussait pour essayer de respirer, sans succès. Je demandai à Vik, sur mes talons, où était Kai.

– Je ne sais pas. J'ai entendu tousser et je suis venu voir.

Je m'empressai de mettre un coussin sous la tête de Gabriel pour la surélever. Cela suffit à faire diminuer sa toux, mais ses yeux regardaient maintenant confusément dans toutes les directions. Ses lèvres tremblaient, mais il n'était pas en état de parler.

– Que se passe-t-il ?

J'avais les larmes aux yeux, je connaissais déjà la réponse. Vik secoua la tête, funèbre.

– L'ombre est encore en lui. Je ne sais pas comment il est sorti de son état de transe, mais ce n'est pas bon signe. Je crains qu'il ne lui reste peu de temps.

Gabriel essaya d'ouvrir la bouche, mais Vik l'en empêcha.

– Ne te force pas, tu vas seulement aggraver ton cas.

Alors, Gabriel écarquilla les yeux, l'air effrayé, et serra faiblement la main autour de mon poignet. Ses doigts moites tremblaient comme des feuilles au vent. Il roula des yeux de douleur.

Au même moment, la porte de la salle de bains s'ouvrit et Kai en sortit, les cheveux mouillés. Alors qu'il s'approchait de nous, je remarquai qu'il boitait, mais je n'avais pas le temps de m'en inquiéter. Si Vik n'avait pas entendu que Gabriel s'était réveillé, je n'aurais peut-être pas pu lui dire adieu.

Ses râles étaient de plus en plus forts. Je lui essuyai le front avec une serviette, dans l'espoir qu'il se calme, mais j'obtins l'effet inverse : il essayait encore de parler. Vik s'assit près de lui et leva une main pour la poser sur son front. Gabriel s'agita. Il commença à se débattre et à me griffer le bras avec ses ongles : c'était la pire scène à laquelle j'eusse jamais assisté. Malgré son délire, Vik réussit à poser une main sur lui et le corps de Gabriel se détendit.

– Kai réussit à soigner en utilisant son énergie. Moi, je ne peux qu'offrir la paix ou créer un malaise, selon mes besoins. Maintenant, ton ami est tranquille.

Gabriel semblait être sous l'effet d'une drogue. Ses mains ne tremblaient plus, il ne toussait plus et il restait allongé en fixant le plafond, en attendant l'inéluctable.

Kai et Vik allèrent dans l'autre chambre pour nous laisser seuls. Mais j'étais trop fatiguée, trop agitée et perdue pour veiller sur mon ami. Je m'allongeai près de lui et murmurai simplement que j'étais désolée. Je n'ajoutai rien d'autre, mes paupières se fermaient, de plus en plus lourdes.

– Désolée, répétai-je en pleurant et en le serrant dans mes bras.

Je m'endormis près de Gabriel, sans lâcher sa main. Une demi-heure plus tard, quand je rouvris les yeux, mon ami aux cheveux roux avait rendu l'âme.

– Jules, on y va.

Viktor tentait de me mettre debout.

– On doit se dépêcher !

– Attendez…

J'étais incapable de détacher mes yeux du corps étendu dans le lit.

– Il faut y aller maintenant, Jules. Bientôt les ombres viendront récupérer son âme et te trouveront ici !

Il avait raison, naturellement, mais je refusai d'abandonner Gabriel.

À travers les fenêtres, je voyais les montagnes noires et, derrière, le ciel gris annonciateur de l'aube.

J'essayais de me convaincre que, maintenant, mon frère avait un ami pour jouer et faire du skate. L'image d'eux deux ensemble m'offrait une lueur de réconfort. Je pensai que, si l'enfer existait vraiment, il devait aussi y avoir un lieu pour accueillir les âmes pures et Gabriel était sans aucun doute là-bas.

– Je ne peux pas le laisser là. Ses parents doivent savoir ce qui s'est passé.

Kai, qui était resté muet jusqu'alors, se leva si vite qu'il fit basculer la chaise où il était assis.

– Et tu comptes leur dire quoi, hein ? Que leur fils a succombé à des blessures causées par une ombre alors qu'il tentait de te sauver ? Que ton destin était de mourir dans un accident de voiture et que c'est pour ça que l'enfer te pourchasse ? Tu vas monter dans cette voiture, ma belle.

Il m'adressa un sourire méprisant. Je voulais le tuer.

Ou au moins le blesser. Fracasser son maudit bâton sur sa tête et le laisser agoniser sur le sol.

En deux enjambées, Kai fut devant moi. J'arrivais à voir ses muscles se contracter même à travers son tee-shirt noir et sa veste en cuir. Inquiète, je jetai un regard à Vik, mais il semblait perdu dans ses pensées. Il s'excluait souvent du reste du monde, comme si chaque heure qui passait le renvoyait à ses souvenirs. Mais quels souvenirs ?

– Il est mort pour me sauver, c'est vrai, mais c'est ta faute. Ce n'est pas la mienne. C'est toi qui as décidé de ne pas le soigner.

J'adressai à Kai un regard de défi. Le fils du diable accompagna sa réponse cinglante d'un sourire amer :

– Je sais que tu aurais préféré que je sacrifie ma vie pour lui. Mais, au cas où tu ne t'en étais pas aperçue, je ne suis pas aussi altruiste.

Sans autre manière, il me chargea sur ses épaules. Je le rouai de coups de poing dans le dos en hurlant, mais il fit mine de ne pas s'en rendre compte, contrairement au réceptionniste qui sortit au pas de course de son bureau pour tenter de comprendre ce qui se passait.

Je n'entendis pas ce que lui dit Vik pour le rassurer, trop concentrée à imprimer dans ma mémoire la dernière image de Gabriel étendu sur le lit. Seul. J'avais envie de vomir.

– J'ai appelé une ambulance.

Je ne répondis pas à Vik. La seule réponse possible aurait été une insulte.

– Elle est peut-être arrivée. Ils l'ont peut-être déjà emmené. Je suis désolé, Jules. Gabriel n'aurait pas dû te suivre.

Même s'il essayait d'être gentil, j'étais assailli par la nausée dès que Vik prononçait le nom de mon meilleur ami.

– Et la police ? Elle n'enquêtera pas sur sa mort ?

– Non, ils penseront qu'il est mort d'infarctus.

Un jeune homme d'une vingtaine d'années mort d'un infarctus ? Je me demandai si la police était vraiment aussi stupide que le pensaient Vik et Kai, mais qu'est-ce que je pouvais y faire pour l'instant ? Je m'allongeai en position fœtale sur la banquette arrière, secouée par une crise de larmes. L'air me manquait, les larmes mouillaient mes joues. Ce n'est que quand je me fus calmée que le sommeil s'empara de moi et je sombrai en quelques secondes dans les bras de Morphée.

23

Un arrêt inattendu

Je dormis d'un sommeil sans rêve. Ça m'était déjà arrivé par le passé, en particulier quand j'étais vraiment exténuée. Cette fois, mon cerveau voulut peut-être m'épargner un voyage dans un monde où j'aurais pu reconnaitre le visage, la chevelure, la voix de Gabriel.

Quand je me réveillai, la voiture était à l'arrêt. Éteinte. Il faisait jour et une douce lumière filtrait entre les branches d'un arbre. Je me redressai et découvris, comme je m'en doutais, que j'étais seule dans l'habitacle.

Je regardai dehors et n'en crus pas mes yeux. La rue avec les petites maisons mitoyennes de différentes tailles, chacune avec un garage privé et une portion de jardin : je connaissais chacune de ces habitations, chacun de ces arbres, les haies et même les passages piétons effacés par le temps.

J'étais chez moi.

Pourtant, quelque chose avait changé : sur l'allée qui menait à la maison de mes parents, Vik gesticulait devant la porte peinte en bleu et parlait avec une femme.

Ma mère pleurait et se mouchait le nez. Dès qu'elle me vit au loin, elle oublia Vik et se précipita vers moi. J'ouvris grand la portière et tombai presque dans ses bras.

Sans m'en rendre compte, je m'étais mise à pleurer. Entre mes larmes, derrière les épaules de ma mère, Vik souriait, gêné d'observer nos retrouvailles mais tout de même curieux.

Je croisai son regard et mimai un mot : « Merci ».

J'avais vu des ombres monstrueuses prendre l'apparence de personnes défuntes, des hommes avec des pouvoirs démoniaques qui changeaient de forme en sortant des eaux d'un lac ou qui invoquaient des tempêtes de cendres, mais voir Vik prendre le thé dans le salon avec ma mère me sembla la scène la plus irréelle de toutes.

Vik racontait à ma mère qu'il m'avait rencontrée par hasard sur la nationale qui contournait la forêt, alors que je cherchais un hôtel. Il lui dit que j'avais eu de la chance de tomber sur lui parce que j'étais perdue et que j'errais depuis plusieurs heures, mon téléphone cassé et sans vraiment savoir où je me trouvais. Après ce sauvetage de fortune, ajouta-t-il, on avait compris qu'on se plaisait et on avait passé la semaine ensemble dans un chalet.

Pour rendre son histoire plus réaliste, Vik posa une main sur ma cuisse.

En d'autres circonstances, je l'aurais retirée immédiatement, mais j'étais trop fatiguée pour réagir. Et, étrangement, ça ne me déplaisait pas plus que ça.

– Après une semaine, on s'est dit que c'était le moment de rentrer, conclut-il.

Je n'avais jamais rien entendu d'aussi absurde, mais ma mère était pendue aux lèvres de Vik, ensorcelée par son charme. Elle chercha ses mots en buvant une gorgée de thé.

– Je suis heureuse que ma fille ait rencontré un homme aussi attentionné.

Vik avait réussi à l'amadouer. Depuis que Luke était mort, ma mère avait retiré toutes les croix de la maison. Elle disait que si Dieu existait vraiment, il n'aurait pas permis la mort de son enfant. Je me demandais ce qu'elle penserait si elle découvrait la véritable identité de mon nouveau « fiancé ». Le fils du diable avait joué son rôle de parfait gentleman à la perfection, et après une deuxième tournée de thé et un brin de conversation, ma mère finit par lui proposer de rester dormir.

– Montre-lui la chambre des invités, Jules, et donne-lui une serviette propre s'il veut prendre une douche.

Je m'exécutai, impatiente de rester avec ma mère. Dès que nous fûmes seules, je remarquai que ses doigts tremblaient légèrement. Son regard, aussi, maintenant qu'elle n'avait plus besoin de garder son masque de maitresse de maison, se remplit de tristesse.

– Mon amour... J'étais tellement inquiète. J'ai failli appeler la police.

– Désolée, maman. La situation était particulière, ces derniers jours...

Elle m'examina des pieds à la tête.

– Qu'est-ce qui est arrivé à tes cheveux ?

Coupés net. Je repensai à ce que je lui disais petite, que je voulais devenir Raiponce. Elle me confortait dans mon rêve et passait ses soirées à coiffer mes longs cheveux blonds avant que j'aille me coucher. Que restait-il de notre petit rite mère-fille ? J'évitai sa question.

– Où est papa ?

– Au travail, je crois. On ne parle pas trop, dernièrement.

Je savais que tout un monde se cachait derrière cette simple phrase. Un monde qu'il me faudrait affronter dès que j'aurais récupéré des forces. Pour l'instant, j'étais trop fatiguée et trop bouleversée pour aider quiconque. Je l'embrassai sur le front et montai les escaliers jusqu'à la chambre des invités.

J'y trouvai justement notre hôte, torse nu, prêt à se doucher.

– Attends, Vik.

– Tu dois me prévenir de quelque chose pour l'eau chaude ?

– Pourquoi tu m'as emmenée ici ? Je ne m'y attendais pas…

– Je ne suis pas un monstre. Je savais que ça te rendrait heureuse. Et notre cachette avait été découverte, on devait bouger.

J'acquiesçai, pensive.

– Et Kai ?

– Il nous rejoindra dans quelques jours. Tu sais qu'on ne peut pas rester longtemps.

– Oui, je sais.

Vik me regarda longuement, jusqu'à ce que je sorte de la pièce. Je m'arrêtai devant la porte de Luke, où pendait encore le panneau ENTRÉE INTERDITE AUX MOLDUS.

Il adorait Harry Potter. Souvent, il venait me voir en brandissant une baguette et hurlait « Avada Kedavra ! » et je faisais semblant de mourir en m'écroulant sur la moquette. Des moments tellement lointains qu'ils semblaient appartenir à une autre vie. Je tournai le dos à la porte et allai dans ma chambre.

L'odeur familière était tellement rassurante que j'aurais voulu me jeter sur le lit immédiatement, mais je me dirigeai vers l'armoire pour y récupérer un pantalon et un tee-shirt avant de prendre une douche. Je laissai l'eau couler sur ma peau maltraitée pour laver ma tristesse. Ou au moins essayer.

Le reflet du miroir n'était plus le même que celui que j'avais laissé : j'avais maigri à faire peur. Mon visage émacié rappelait celui d'un zombie et mes cheveux habituellement blonds et brillants ressemblaient à un buisson de courtes mèches marron foncé.

– Qui es-tu ? demandai-je à mon reflet.

Un petit coup à la porte me fit sursauter. C'était Vik, les cheveux dégoulinants et les joues rouges, tellement grand et imposant qu'il emplissait tout l'espace devant moi. Avec la nonchalance de quelqu'un qui aurait toujours vécu ici, il me rapporta que ma mère avait annoncé le diner.

Je le remerciai avec un sourire embarrassé, et puisqu'il restait là sans bouger, j'ajoutai :

– Je descends tout de suite.

Vik sembla hésiter un peu, laissant son regard glisser sur mon corps couvert seulement d'une serviette.

Puis il partit.

Et je me rendis compte que j'avais retenu ma respiration.

– Alors, Viktor, tu fais quoi dans la vie ?

Je faillis m'étouffer avec la dinde.

« Je suis le fils du diable et j'essaye de protéger votre fille d'une mort certaine » n'était pas une réponse acceptable. Pourtant, il fallait bien donner le change : mon père étudiait Vik avec méfiance, contrairement à ma mère qui semblait le traiter comme un prince.

– Je suis… un acteur.

– Vraiment ? Je t'ai déjà vu quelque part ?

Mon père était le meilleur avocat de la ville et avait un talent naturel pour se rappeler le visage des gens.

Vik n'aurait pas pu choisir pire mensonge, mais il ne sembla pas en difficulté. Il lui décocha un sourire éclatant digne du grand écran et répondit :

– Je ne crois pas, monsieur. Je fais des castings ici et là, je suis entré depuis peu dans le milieu.

– J'espère qu'on te verra bientôt quelque part, alors.

Mon père avait lancé cette remarque dans une vaine tentative de provoquer Vik, qui se contenta de satisfaire l'avalanche de questions de ma mère.

– Tu viens d'où ? Comment s'appellent tes parents ? C'est quoi ta pointure ?

À la fin du repas, j'étais exténuée. Vik, s'il était fatigué de cet interrogatoire, ne laissait rien paraitre. À sa place, pensai-je, Kai aurait commencé à lancer les bols et les couverts contre ma mère.

Tandis qu'elle sortait le brandy, déjà bien alcoolisée, mon père montrait sa collection de modèles d'avions de la Seconde Guerre mondiale à Vik. S'il y avait une chose qu'il aimait plus que le droit, c'était bien ses précieux chasseurs-bombardiers.

– Ce n'est pas un peu trop, maman ? demandai-je. Tu as déjà pas mal bu, ce soir.

– Ne dis pas de bêtises, Jules. Tu sais que ça me fait du bien à l'estomac.

Je m'étais trompée en me renfermant sur moi-même aussi longtemps sans aider mes parents. Eux aussi avaient souffert et souffraient encore.

– Juste un fond, maman.

Je lui donnai une accolade affectueuse sur l'épaule et m'empressai d'aller secourir Vik.

– Maintenant, tu sais tout du Spitfire, plaisantai-je.

Vik et moi étions dans le couloir entre nos chambres.

– Bonne nuit, alors.

Je savais que Vik n'avait pas besoin de dormir, et je me demandai ce qu'il ferait de sa nuit. S'il avait réussi à sauter du troisième étage de ma résidence, descendre d'une fenêtre au premier étage devait être un jeu d'enfant pour lui.

– Bonne nuit, Jules. S'il se passe quelque chose de bizarre ou que tu as peur, appelle-moi.

Son ton était solennel, mais aussi un peu gêné. Il parlait à voix basse pour que mes parents ne l'entendent pas.

– Toi aussi, tu peux venir.

Vik me regarda, perplexe, et je me rendis compte de ma gaffe. Je me corrigeai rapidement :

– Enfin, si tu entends quelque chose de bizarre, évidemment.

Il sourit et sa fossette apparut. Parfois, quand il n'était pas trop occupé à maintenir son attitude de gros dur, il ressemblait presque à un enfant.

Je me tournai et me retournai plusieurs fois dans mon lit, cette nuit-là. Ce n'était pas la peur que les ombres me trouvent, mais la terreur qu'elles puissent faire subir le même sort que Gabriel à mes parents. Ses yeux vitreux me fixaient comme des étoiles mortes chaque fois que je fermais les miens.

À trois heures du matin, je me levai sur la pointe des pieds pour aller dans la chambre de Luke. La pièce était plongée dans le noir. J'allumai la lumière et la scène que je découvris me surprit tellement que je crus halluciner : à côté du lit, il y avait un fauteuil sur lequel ma mère était assise. Elle dormait, un verre de vin vide dans une main.

Je posai le verre par terre et les relents d'alcool me donnèrent envie de vomir. Je me demandai si elle venait souvent dormir ici, assise près du lit de Luke dans l'attente de quelque chose. Rien n'avait changé : le lit avec les draps Nemo était encore défait, comme il l'avait laissé ce matin-là.

Cette matinée fatidique, que je n'arrivais pas à me rappeler autrement que par flashs confus.

Luke était sorti de l'école avec son énorme cartable. Je lui avais donné la main pour l'accompagner à la maison. Ensuite : le trottoir, les sirènes de l'ambulance.

Le trou noir.

Je ramassai un petit soldat abandonné sur le tapis et le fixai en écoutant la respiration lourde de ma mère. Luke adorait ces bonshommes en plastique armés jusqu'aux dents, il les éparpillait partout dans la maison et les oubliait sur les étagères, dans les vases, derrière des portes. Qui sait combien on en retrouverait encore ces prochaines années. Je serrai le soldat contre mon cœur, et restai dans cette position pendant longtemps.

J'étais tellement absorbée par mes souvenirs que je sursautai quand je découvris Vik derrière la porte.

– Désolé, j'ai vu la lumière allumée et j'ai pensé…

Je lui fis signe de se taire en indiquant ma mère qui dormait et me baissai pour remettre le petit soldat exactement là où je l'avais trouvé, puis je pris Vik par le bras et l'entrainai dans ma chambre.

– Je n'y étais pas allée depuis l'accident. Tout est resté identique, à part ma mère…

Je me retournai et m'aperçus que Vik me fixait, sans m'écouter. Ses pupilles étaient dilatées et il me regardait avec intensité.

– Eh bien, je vais aller me recoucher si tu…

Avant que je puisse finir ma phrase, je sentis les lèvres de Vik effleurer les miennes. Sans les toucher.

Son souffle sentait la menthe.

J'avalai ma salive quand, d'une voix basse et rauque, il me demanda s'il pouvait continuer.

Je hochai la tête.

Et il réduisit lentement l'infime distance qui séparait nos lèvres.

Je m'étais souvent demandé ce que je ressentirais en embrassant Vik.

Ce baiser était tellement différent de tout ce que j'avais pu imaginer.

Il savait exactement comment faire, comme s'il avait la capacité de contrôler chaque muscle de son corps. Prise par l'émotion, je sentis mes genoux flancher.

J'en oubliai les ombres, Kai, Gabriel, Luke…

Il n'y avait plus que Vik et moi.

– Je ne veux pas qu'on aille trop vite, souffla-t-il à mon oreille.

J'aurais pu l'embrasser à l'infini, mais j'étais d'accord avec lui.

Quand le corps de Vik s'éloigna du mien, même s'il ne s'agissait que de quelques centimètres, je me sentis vidée. J'eus besoin de quelques secondes pour reprendre mon souffle.

Vik s'assit sur mon lit, prenant presque toute la place, puis il s'allongea et tapota la couette pour m'inviter à m'installer sur le petit espace encore disponible. Je me recroquevillai près de lui, toute petite contre son torse, et écoutai son cœur battre.

La nuit défila ainsi : Vik allongé qui occupait presque tout mon lit, et moi serrée contre lui.

Je voulais que l'aube n'arrive jamais.

24

Une journée hors du temps

– Bonjour.

– Bonjour, toi.

– Comment c'est possible que ton haleine sente la menthe même le matin ?

– Comment c'est possible que tu sois aussi jolie même le matin ?

– Tu es bête.

– C'est vrai… Je ne mens jamais.

J'entendis frapper à la porte.

– Merde, ma mère !

Vik me regarda, étonné.

– Et alors ?

– Et alors ? Cache-toi tout de suite !

Le bruit derrière la porte devenait de plus en plus insistant, et je savais que ce n'était pas une demande de permission, mais un avertissement. Elle allait entrer.

– Dépêche-toi !

Vik se faufila sous les couvertures, mais ça ne suffisait évidemment pas : ses pieds et la moitié d'un mollet dépassaient tellement il était grand.

Il essaya de mieux se cacher, mais il n'arriva qu'à découvrir son autre mollet.

– Tu es sérieux ? Vik !

Un rire m'échappa. Au même instant, ma mère ouvrit la porte. Soudain, il n'y avait plus personne à côté de moi. Ou plutôt, je vis un criquet. Le plus adorable criquet au monde.

J'éclatai de rire, mais heureusement, ma mère ne pouvait pas en comprendre la raison. Elle ne s'aperçut même pas de l'insecte et alla ouvrir les volets.

– Ça me fait plaisir de te voir de si bonne humeur. Tu prends un petit-déjeuner ?

– Oui, bien sûr.

– Parfait. Tu peux aller réveiller notre hôte ?

J'acceptai avec un sourire de circonstance, mais cette fois non plus, ma mère ne s'aperçut de rien. Elle referma la porte et Vik reprit son apparence humaine.

– Je ne pensais pas qu'à mon âge, je devrais encore me cacher face à la mère de la fille que je fréquente.

Je devins rouge comme une pivoine. J'étais habituée à ce que des garçons flirtent avec moi, mais entendre Vik prononcer ce genre de discours était une tout autre histoire.

Je l'embrassai rapidement et lui dis :

– Tu es le criquet le plus adorable que j'aie jamais vu.

Il me répondit en m'envoyant un coussin que je ne réussis pas à attraper à temps. Bien que le monde me fût tombé dessus à une vitesse fulgurante, j'étais reconnaissante à Vik de moments comme celui-là, où vivre semblait plus facile. Je savais que ça ne durerait pas, mais c'était justement ce qui les rendait spéciaux. L'important était de ne pas oublier que Kai et lui rentreraient chez eux, et que je reprendrais ma vie en main.

Après le petit-déjeuner, j'emmenai Vik faire un tour de la ville : mon ancien lycée, un parc où Luke et moi jouions petits, mon restaurant préféré, la bibliothèque où j'avais emprunté tant de livres... Il me suivait les mains dans les poches, engoncé dans un jean que mon père lui avait prêté et dans une chemise de lin blanc tellement tendue sur son torse qu'elle semblait sur le point de se déchirer. Pourtant, habillé ainsi, il semblait presque humain.

Nous parcourûmes une rue pleine de magasins quand je reconnus un visage familier à travers la vitre d'un bar.

– Vik, mais c'est...

Vik me lâcha tout de suite la main.

– Kai.

Sa mâchoire crispée m'apprit qu'il n'était pas particulièrement heureux de cette rencontre.

– On fait quoi, on entre ?

– Oui, mais on ne reste pas longtemps.

Le carillon à la porte d'entrée du bar attira l'attention de tous les clients sur nous. Le bar était plein d'hommes de quarante ans et plus, déjà bourrés en ce début d'après-midi. Je reconnus même un de mes professeurs d'histoire de collège, mais j'évitai de le saluer.

Kai était appuyé au bar, il s'enfilait une bière et parlait au barman, un type presque aussi grand que Vik mais avec une longue barbe grise et des sourcils touffus.

– Je ne sais pas toi, Rick, mais la musique d'aujourd'hui me sort par la tête. Le jazz des années vingt, c'était autre chose.

Rick nettoyait les verres et secouait la tête, contrarié. Sous ses tatouages de métalleux, les muscles de ses bras se contractaient à chaque mouvement.

– Désolé, mon ami, mais rien ne surpasse le rock des années quatre-vingt-dix. Et qui se souvient des années vingt ?

Un fils de Lucifer, pensai-je intérieurement, mais je ne dis rien et me fis toute petite derrière Vik pendant qu'il avançait d'un pas décidé vers son frère.

Dès que Kai nous remarqua, il leva sa pinte de bière à moitié vide en l'air.

– Un toast au monstre que j'appelle frère.

Vik repoussa le verre, qui finit sa course contre le mur, en mille morceaux.

Un silence de tombe s'abattit sur le bar. En un clin d'œil, toutes les conversations s'étaient interrompues et tous les regards s'étaient braqués sur les deux frères. Vu la stature de Vik, même les plus téméraires n'osèrent pas s'interposer.

– On y va, Kai.

Kai répondit avec une grimace contrariée. Il regarda le mur repeint de bière :

– Dommage, elle était vraiment bonne.

Il s'arracha du bar, sortit un billet de son portefeuille et le déposa sur le comptoir.

– Pour le verre. *Adios, amigos.* Ou plutôt *hasta luego* !

– Vous pouvez être soûls, remarquai-je.

– Malheureusement, oui.

– Je croyais que vous étiez…

– Plus malins que ça ? Oui, moi aussi je croyais.

Vik conclut sa phrase en poussant Kai dehors.

Ce dernier semblait tout droit sorti d'un magazine de mode ; sous sa veste en cuir, on voyait son torse nu et tatoué, et son pantalon en cuir lui collait à la peau, sublimant son élégante silhouette. Ses cheveux, qu'il avait sans doute coiffés avec du gel, retombaient sur son visage en désordre. Il clignait des yeux pour s'habituer à la lumière reflétée sur le trottoir.

– Qu'est-ce que vous me voulez, vous deux ? Je pensais que vous profitiez de votre « week-end en amoureux ».

Le visage de Vik se fit sérieux. Kai pensait-il que Viktor ressentait quelque chose pour moi ? Et, surtout, savait-il que, moi aussi, j'éprouvais peut-être quelque chose pour Viktor ? Comme toujours, je n'arrivais pas à comprendre ce que chaque frère pensait de l'autre : entre eux, la communication était tellement ancienne et complexe qu'elle en devenait indéchiffrable.

– Qu'est-ce que tu faisais dans un bar ? Tu devais vérifier que les ombres n'étaient pas sur nos traces, pas te soûler à l'heure du déjeuner.

Kai sembla réfléchir aux mots de son frère, en frottant son index sur sa lèvre inférieure. Il n'avait pas encore croisé mon regard depuis que nous étions arrivés dans le bar.

Il s'appuya de tout son poids sur son sceptre.

– D'accord.

On aurait dit que Vik et lui venaient de décider qui devait cuisiner ce soir. Ensuite, il fit demi-tour et retourna dans le bar.

– J'y crois pas…

Je le regardai s'assoir de nouveau au comptoir et commander une nouvelle boisson.

– Ne sois pas si étonnée. Mon frère méprise les êtres humains, mais il aime aussi s'abaisser à leur niveau. C'est une énigme, et je n'ai pas le temps ni l'envie de la résoudre.

– Mais qui va vérifier que les ombres ne sont pas là, alors ?

Vik leva les yeux au ciel, d'un bleu éclatant.

– Le soleil, au moins aujourd'hui. Avec un aussi beau soleil, elles ne pointeront pas le bout de leur nez. Allez, viens, on continue notre balade tant qu'on a encore le temps.

À quarante kilomètres de chez moi, il y avait un magnifique lac où nous allions souvent avec Hannah quand nous étions encore au lycée.

C'était un endroit simple, avec des parasols et un kiosque pour acheter des glaces l'été et des chocolats chauds l'hiver. Nous empruntâmes la vieille voiture de mes parents et nous roulâmes sur les petites routes en lacets qui zigzaguaient entre les collines jusqu'au lac. J'étais en train de me garer quand la pensée de Gabriel me frappa de plein fouet.

– Eh, tout va bien ? Tu es devenue pâle, d'un coup.

Vik s'approcha de moi.

– Asseyons-nous.

Une demi-douzaine de canards nageaient gentiment dans le lac, sans se soucier du monde qui les entourait.

– Je pensais à ce qui se passera quand ils découvriront le cadavre de Gabriel. Ils penseront vraiment qu'il est mort d'un infarctus ?

Les yeux verts de Vik suivirent distraitement un des canards qui avait pris son envol.

– Oui, j'en suis sûr. Je suis désolé pour ton ami, Jules. Comment tu te sens ?

– Désorientée, en colère, triste... J'aimerais me réveiller et découvrir que ce n'est qu'un mauvais rêve.

Vik soupira et m'enlaça. J'étais contente que nous soyons dans un lieu tranquille. Ma tête était prête à exploser et le bruit de l'eau, à peine plus qu'un murmure, me détendait. Pendant un long moment, nous restâmes en silence et je n'entendis que le bruit de ma respiration qui s'apaisait. Depuis combien de temps ne m'étais-je pas sentie aussi en paix ? Parfois, le silence est l'arme la plus puissante.

– Vik ?

– Oui ?

– Une part de moi aimerait vous aider à rentrer chez vous, même si je ne sais pas comment. L'autre, par contre, voudrait que tu restes ici. Quand tu seras parti... il faudra que je prenne conscience que Gabriel n'est plus là, pour toujours.

Vik retira son bras de mes épaules pour jouer avec des brins d'herbe. Pendant un moment, j'eus peur de l'avoir offensé d'une manière ou d'une autre, mais il avait juste l'air pensif.

– J'ai perdu Luke et ça a bien failli m'anéantir, continuai-je. Je ne sais pas si j'aurai la force d'affronter un autre décès.

Il me regarda droit dans les yeux.

– Tu sais, Jules, j'ai passé ma vie entière sur terre à essayer de rentrer chez moi. Je n'avais jamais imaginé qu'une personne puisse me faire sentir aussi bien, et je te remercie pour cela. Mais je dois le faire pour moi, pour Kai et pour mon père.

J'acquiesçai, un peu déçue. Mon côté égoïste espérait qu'il me choisirait, moi. Mais le plus sage savait que ça ne fonctionnerait jamais. Après tout, il ne vieillirait jamais. Il était piégé dans ce corps de jeune homme alors que mes cellules déclinaient chaque seconde un peu plus. À la fin, je mourrais et il serait seul avec ses regrets, pour l'éternité.

– Il y a encore une chose que je ne comprends pas, dis-je enfin. Comment est-ce que je peux vous aider ? Je suis seulement humaine. Je n'ai aucun pouvoir.

Vik fixa le lac et je sus immédiatement que son esprit était en train de voyager. Je craignis qu'il ne se perde dans ses pensées, mais il poussa un profond soupir et me répondit.

– Ton sang est la clé.

25

Mensonges et vérités

Une heure avant le coucher du soleil, nous décidâmes de reprendre la voiture pour rentrer à la maison. Le lendemain, il était prévu que Kai vienne nous chercher, et notre fuite recommencerait. La lumière était de moins en moins forte, ce qui me fit penser aux ombres et je désirai plus que tout me libérer de cette menace oppressante. Renvoyer chez eux les deux frères, et surtout Vik, m'attristait, mais c'était aussi mon seul espoir de retrouver ma vie.

Je demandai à Vik ce qu'il voulait dire par « ton sang est la clé », phrase qui ne me paraissait pas très rassurante. Il me répondit qu'il m'expliquerait tout le lendemain, que je ne devais pas m'inquiéter et qu'il ne permettrait à personne de me blesser. Son ton se voulait encourageant, mais je passai le reste du voyage à m'agiter sur mon siège.

– Donc, demain, quand Kai vient nous chercher, on va où ?

– À la destination finale.

– Et où se trouve cette fameuse « destination finale » ?

Il me fit un clin d'œil et posa une main sur ma cuisse.

– C'est une surprise.

– Ça en fait, des mystères, ce soir…

Il balaya mon objection d'un sourire et je n'eus pas la force de poursuivre la conversation. Viktor était tellement beau que, dans la rue, tout le monde le fixait. Il était totalement différent de tous les hommes de ma ville. Ou de n'importe quel être humain, à dire vrai. On aurait dit le Soleil, autour duquel nous, simples planètes, gravitions. Kai, quant à lui, me rappelait beaucoup la Lune. Dans l'ombre, pâle, elle changeait d'apparence à chaque nouvelle vision.

Quand nous tournâmes dans ma rue, des gyrophares rouges et bleus attirèrent notre attention. Les mains de Viktor agrippèrent le volant.

– La police.

Ces deux mots sonnèrent comme une condamnation à mes oreilles. Nos voisins étaient à la fenêtre ou devant leur porte pour assouvir leur curiosité autant que pour calmer leur inquiétude.

– On fait quoi ?

J'étais paniquée. Vik garait déjà la voiture, une expression déterminée sur le visage.

– Écoute-moi bien, Jules. Tu dois faire exactement ce que je te dis, d'accord ?

J'acquiesçai, m'efforçant de ne pas laisser transparaitre ma peur, mais il se rendit compte que je tremblais et il prit mon visage entre ses mains.

– Ils vont te poser des questions sur Gabriel. Ils ont certainement trouvé son téléphone avec les messages qu'il t'a envoyés quand il croyait que tu avais disparu. Maintenant, écoute bien ce qu'il faut que tu dises.

En entendant les réponses aux possibles questions des policiers, je compris que j'allais devoir leur mentir.

– Tu peux le faire, Jules ?

– Je vais essayer.

– Je suis sûr que tu vas y arriver. Moi, je ne peux pas venir. Légalement, ni Kai ni moi n'existons. Nous n'avons pas de papiers. Moins on a affaire avec la police, mieux c'est… pour les policiers.

« Évidemment, pensai-je. C'est mieux pour tout le monde, sauf pour moi. »

Je descendis de la voiture les jambes flageolantes. Je connaissais certains des policiers de River Lake parce que le père de Hannah en était un. Je n'avais plus qu'à espérer qu'il ne soit pas là, parce qu'il me connaissait depuis que j'étais petite et il repérerait mes mensonges à des kilomètres.

Quand je frappai à la porte, ma mère ouvrit. Elle porta les mains à son cœur et m'enlaça théâtralement.

– Oh, Jules ! Quelle tragédie !

Je me libérai de son étreinte et me dirigeai vers le salon.

Robert, le père de Hannah, était assis sur le canapé. Il portait son uniforme et son képi était posé sur ses genoux. À côté de lui se tenait un autre agent que je ne connaissais pas. En me voyant arriver, ils se levèrent tous les deux. Leur expression me laissait présager ce que je savais déjà : ils étaient porteurs d'une mauvaise nouvelle. Et moi, il fallait que je fasse semblant de ne pas être au courant. Ce n'était pas facile, mais c'était trop tard pour changer d'avis. Je pris un air confus, entrouvris la bouche et les saluai rapidement.

Robert avait des rides autour des yeux et un sourire qui m'avait toujours réchauffé le cœur. C'était tout le contraire de l'autre agent, un bloc de marbre aux yeux bleus et aux cheveux rasés. Robert prit la parole.

– Jules. Quel plaisir de te revoir ! Je t'en prie, assieds-toi. Je te présente l'agent Morrison, il n'est pas de ce quartier. Kat, Paul, pourriez-vous nous laisser ? Nous aimerions nous entretenir avec votre fille.

Mon père, en bon avocat qu'il était, tenta de s'y opposer, mais je savais que sa présence ne ferait que compliquer les choses et j'anticipai une quelconque réaction de Robert.

– Ne t'en fais pas, papa. Si Robert veut me parler en privé, je peux me débrouiller seule.

– Tu es sûre ?

Mon père eut l'air de ne pas savoir s'il devait se montrer inquiet, surpris ou fier de cette démonstration de courage.

Je posai une main sur son épaule et lui adressai un sourire innocent : après tout, je n'avais rien à cacher. Encore un peu désorienté, mon père prit doucement ma mère par le bras et la guida à l'étage.

– Que se passe-t-il ? De quelle tragédie parlait ma mère ?

Je me forçai à apparaitre innocente et préoccupée en même temps. J'essuyai nerveusement mes mains moites sur mon pantalon.

Morrison ne détachait pas ses yeux glacials des miens. Il était inquiétant. Robert déclara :

– Hier, un cadavre a été découvert dans un motel, celui d'un certain Gabriel Johnson.

Je ne me forçai même pas pour fondre en larmes. Entendre ces mots, même si je savais que c'était ce qu'il allait dire, rendait tout plus réel.

– Quoi ? Ce n'est pas possible.

Ma voix tremblait. Cette fois, c'est Morrison qui parla. Son ton était tranchant et sévère.

– On a retrouvé son téléphone près de son cadavre. Votre nom apparaissait parmi les dernières conversations. Il vous avait écrit de nombreux messages sans obtenir de réponse.

Il récupéra un porte-bloc qu'il tenait sous son bras et feuilleta les papiers qui y étaient accrochés. Il commença alors à lire avec une voix inexpressive :

– « Jules, je t'en supplie, rappelle-moi. Je tiens à toi et si j'ai fait quelque chose qui t'a énervée, je te promets de me rattraper. Je passe chez toi bientôt. Gabriel. » C'est le dernier message qui a été envoyé de son téléphone. Ça vous dit quelque chose ?

Entendre ce message me glaça le sang. Même l'air que j'avais dans les poumons semblait s'être transformé en glace qui appuyait sur mon cœur, sapant toutes mes forces. Gabriel était trop bon, trop pur, trop bienveillant pour que sa vie s'arrête ainsi. C'était de ma faute s'il était mort. Peut-être que je méritais d'aller en prison, après tout.

Me voyant en difficulté, Robert soupira, se pencha vers moi et m'attrapa la main pour me rassurer.

– Je sais à quel point c'est difficile, Jules. Tu ne dois pas t'inquiéter, ce sont les questions de routine. On ne t'accuse de rien.

Le moment était venu de leur servir la version des faits que Viktor avait inventée pour moi. Je baissai les yeux, comme si ce souvenir était trop douloureux, je fis mine d'hésiter, puis je dis à voix basse :

– Gabriel et moi sommes sortis ensemble pendant quelque temps. Puis il est devenu insistant et j'ai dû… couper les ponts.

– En ne répondant pas à ses messages ?

– Je ne pouvais pas répondre. J'ai cassé mon téléphone et je n'ai pas encore eu le temps d'en acheter un neuf.

– Merci, Jules. Et désolé pour…

Morrison, peu convaincu, interrompit brusquement Robert.

– Donc Gabriel n'est pas venu chez vous ?

Ses yeux me scrutaient, attendaient un faux pas de ma part.

– Pour être tout à fait honnête, je ne sais pas. Je n'ai pas mis les pieds dans mon appartement depuis un moment.

– Et où étiez-vous hier matin ?

Morrison ne voulait pas abandonner. Je plissai les yeux en essayant de garder mon calme. Vik n'avait pas pensé à cette question et je n'avais pas de réponse : je ne pouvais pas mentionner Vik ou Kai et je ne pouvais pas dire que j'étais chez mes parents, parce que ce n'était pas le cas. Je n'avais plus de voiture, dire que je voyageais toute seule paraitrait peu crédible.

– Eh bien, hier matin…

Heureusement, Robert me sauva d'un geste de la main.

– Allons-y, Morrison, on ne va pas torturer plus longtemps cette jeune fille. Elle a déjà vécu assez de traumatismes cette année. Merci pour ton temps, Jules. Salue tes parents pour moi et achète-toi un nouveau téléphone. On pourrait avoir besoin de te poser d'autres questions.

Il se leva et me pressa l'épaule avec douceur. Je ressentis un élan de gratitude envers cet homme si bon, à tel point que l'idée de lui avoir menti me mit mal à l'aise. Le jour où Luke était mort, Robert avait été très présent pour mes parents. Et pour moi aussi. On lui devait beaucoup, et voilà que je le remerciais en lui mentant devant un de ses collègues. Il pourrait avoir des problèmes pour m'avoir protégée, si quelqu'un d'autre découvrait que j'étais tout sauf innocente, mais je n'avais pas hésité à profiter de lui : qui étais-je devenue ?

Morrison se leva élégamment et m'étudia une dernière fois avant de se diriger vers la porte. Robert le suivit sans se presser, après m'avoir adressé un dernier sourire de réconfort.

Quand la porte d'entrée se referma, je poussai un soupir de soulagement. J'étais tirée d'affaire pour le moment.

L'arrivée de la police avait grandement perturbé ma mère. Elle avait décidé de sortir se promener. Mon père dut rejoindre un client qui avait une urgence. Je restai donc seule à attendre Vik. J'étais assise sur le canapé et je zappais sans vraiment faire attention aux images qui défilaient, quand une voix derrière moi me fit sursauter.

– Tu regardes quoi ?

Je courus me réfugier dans les bras de Vik.

– Tu as été parfaite, Jules.

– C'était horrible de mentir comme ça.

J'avais mille autres choses à dire, mais je me mis à pleurer. Vik me tint dans ses bras et me caressa les cheveux.

– La vie nous met face à des défis tous les jours. Elle veut voir si nous sommes capables de la vivre et tu viens de le prouver aujourd'hui.

– Mon frère et Gabriel aussi étaient dignes de vivre leur vie ! Et pourtant, où sont-ils ?

– Dans un monde meilleur. Quant à nous, on est ici et on ne peut rien faire, à part commander à manger. Tu as faim ?

– En fait… oui, soupirai-je. Pizza ?

– Super.

– Tu veux quoi ?

Je pris le téléphone fixe et composai le numéro de ma pizzéria préférée.

– Je ne sais pas, je n'ai jamais mangé de pizza.

– Sérieusement ? Tu rigoles ! Tu n'as jamais mangé de pizza de toute ta vie ?

Découvrir qu'il n'aimait pas les films m'avait surprise, mais à ce point, c'était trop, même pour lui.

– De un, rappelle-toi qu'au Moyen Âge, il n'y avait pas vraiment de pizzérias. Et de deux, n'oublie pas qu'on n'a pas besoin de se nourrir. Je peux rester sans boire et sans manger pendant un siècle et je ne changerai pas d'un poil. Je sens le gout des aliments, bien sûr, mais la pizza ne m'inspire pas.

– Ne dis jamais que « la pizza ne t'inspire pas », sinon le reste du monde comprendra immédiatement que tu n'es pas humain. Choisis ta pizza, maintenant.

Vik éclata de rire puis se concentra sur le menu d'un air presque comique, comme s'il essayait de résoudre des mots croisés trop compliqués.

– Tu vois quelque chose qui te plait ?

– Plus ou moins. Ça a quel gout, les poivrons ?

– On va te prendre une Margherita toute simple, d'accord ?

Vik dévora sa pizza. Il m'obligea à en commander deux autres et les engloutit avec des petits cris de plaisir hilarants dès qu'elles arrivèrent. Je fus contrainte de lui retirer le téléphone des mains avant qu'il puisse en commander d'autres, mais je dus promettre qu'on en mangerait le lendemain.

«Avant d'aller à la destination finale», aurais-je voulu ajouter, mais je n'en eus pas le courage. D'une certaine façon, il me manquait déjà, et quand nous allâmes nous coucher, je restai quelques secondes à me perdre dans ses yeux.

Allongé sur le lit, il me demanda :

– Tu penses à quoi ?

– À rien. Des phrases trop mielleuses pour les dire à voix haute. Je me donne envie de vomir toute seule.

Elle était revenue. Sa fossette.

– Tu sais quoi ? Malgré l'absurdité et l'horreur de cette situation, je crois…

Terminer ma phrase se révéla plus compliqué que de le dire dans ma tête. Vik m'incita à poursuivre sans détacher son regard du mien.

– Tu crois… ?

– Eh bien, que je suis en train de tomber amoureuse de toi.

Le sourire de Vik s'élargit.

Il me donna un long baiser et me serra fort dans ses bras. Une chaleur tellement intense émanait de son corps qu'elle m'entraina dans un sommeil profond. Une seconde avant de m'endormir, je me rendis compte qu'il n'avait pas répondu à ma déclaration : m'aimait-il aussi ?

26

Le dernier jour

En me réveillant, je cherchai le corps de Vik à côté de moi sur le lit, mais il n'y avait personne. J'ouvris les yeux : le soleil était déjà haut dans le ciel et ses rayons dessinaient un cadre sur le mur. Après des années passées dans cette chambre, je pouvais facilement connaitre l'heure d'après cette sorte de cadran solaire : dix heures et demie, voire onze heures. Comment avais-je pu dormir autant ?

J'enfilai un jogging bordeaux et me coiffai rapidement. J'ouvris la porte et j'entendis tout de suite des murmures qui provenaient d'en bas : que se passait-il ? La panique me gagna, j'imaginai que la police était revenue parce qu'elle n'avait pas cru à mon histoire stupide. Pourtant…

– Quel plaisir de te rencontrer ! Tu t'appelles comment, déjà ?

– Kai, madame.

À ma grande surprise, je poussai un soupir de soulagement au son de sa voix et me dirigeai vers les escaliers. Je ne pouvais pas me préparer au spectacle qui m'attendait : mes parents assis dans le salon avec les deux frères. J'en tombai presque à la renverse.

Kai tenait une petite tasse de thé couleur vieux rose, on aurait dit un vautour caché au milieu des flamants roses. Vik le regardait, amusé, et continuait à boire son thé. Dès qu'il me vit, Kai reposa avec force sa tasse sur la table. Le regard inquiet de ma mère ne m'échappa pas ; elle craignait que le traitement que son nouvel hôte réservait à la délicate surface du meuble d'antiquaire ne l'abimât. Naturellement, Kai n'avait pas réussi à la séduire aussi bien que son frère.

En m'apercevant, Vik s'exclama avec un grand sourire :

– Voilà Jules ! Maintenant que tu es réveillée, je pense qu'il est temps de partir.

– Quoi ? protesta mon père. Je n'ai pas encore montré à Kai ma collection d'avions.

Kai répondit prestement qu'il en serait ravi. Sa priorité numéro un était évidemment de se lever du divan pour se soustraire au regard inquisiteur de ma mère. Malgré la situation presque comique, je trouvais Kai encore plus étrange que d'habitude. Je m'informai auprès de Vik qui s'était levé pour me dire bonjour d'une caresse sur l'épaule.

– Qu'est-ce qui lui arrive ?

– Il est agité. On rentre à la maison, aujourd'hui.

Les mots restèrent bloqués en travers de ma gorge. La veille au soir, je lui avais ouvert mon cœur en lui avouant que j'étais en train de tomber amoureuse et lui… il comptait partir, comme si de rien n'était ?

– Va te préparer, on n'a pas beaucoup de temps. Les ombres savent où tu es.

– Est-ce qu'on pourrait en parler ?

J'essayais de ne pas me faire entendre de mes parents, qui semblaient occupés à expliquer à Kai tout le processus d'assemblage des avions miniatures.

– C'est ce qu'on est en train de faire. Malheureusement, on ne peut pas repousser. Les ombres reviennent et cette fois, elles sont en force.

J'étais tellement furieuse que je n'arrivai pas à lui répondre. Comme un automate, je fis demi-tour, un pas après l'autre.

J'entrai dans ma chambre.

Je pris un jean noir propre.

Un tee-shirt manches longues gris.

Une veste noire.

Des Converse noires.

C'était comme si j'avançais par inertie.

Je ne voulais pas descendre.

Je ne voulais pas dire adieu.

La Range Rover était garée au fond de l'allée. Chaque pas vers la voiture me rapprochait de la fin.

Derrière moi, avec son charme habituel, Vik rassurait ma mère et lui promettait qu'on reviendrait bientôt. Des vacances de deux ou trois jours dans la nature, puis une halte rapide ici avant de retourner à l'université et de reprendre les cours. Mes parents le saluèrent avec enthousiasme en agitant les mains, inconscients du fait que ce garçon tellement adorable avait décidé de bouleverser ma vie puis de disparaitre.

– Où allons-nous ? demandai-je une fois en voiture.

– Je te l'ai dit, à la destination finale.

Vik me sourit tandis que Kai serrait les mains tellement fort sur le volant que ses jointures blanchirent. Il ne m'avait pas adressé un regard depuis que j'étais descendue ce matin et je le connaissais désormais assez pour savoir que quelque chose ne tournait pas rond. Est-ce qu'il était jaloux que son frère ait passé autant de temps avec moi ?

J'eus seulement la force de répondre :

– Et si vous n'arrivez pas à vaincre votre père et que les ombres me trouvent ?

– Ne t'en fais pas. Si nous n'étions pas sûrs que tu sois en sécurité, on ne te laisserait pas ici.

La nonchalance de Vik m'étonna.

– C'est marrant que tu parles au pluriel. Je n'ai pas l'impression que Kai s'intéresse à ce qui peut m'arriver.

Viktor ne répondit pas, et je m'attendais au moins à une réponse acerbe de Kai, ou à un soupir d'ennui, mais il paraissait m'ignorer complètement. Il gardait les yeux fixés sur la route, comme si conduire était un exercice qui requérait son entière attention, ce qui ne faisait que confirmer mon intuition : quelque chose n'allait pas. Viktor reprit son discours, tout en regardant les maisons qui défilaient sur la route.

– Le temps ne s'écoule pas de la même manière, en bas. Chez nous, il passe beaucoup plus vite, donc on devrait réussir à trouver et à vaincre notre père rapidement.

J'espérais qu'il avait raison. La dernière chose que je voulais était affronter ces ombres infernales toute seule. Pendant ce temps, la voiture s'était engagée dans une montée et un mur de ciment apparut au loin.

Le cimetière.

La Range Rover ralentit et Kai se gara dans le parking. Vik sortit du véhicule d'un bond et ouvrit ma portière, m'offrant une main pour m'aider à descendre. Il se montrait très attentionné, comme si ses petits gestes pouvaient suffire à ce que je le pardonne.

– Qu'est-ce qu'on fait là, Vik ?

– Tu te souviens quand je t'ai dit qu'Ophelia, avant d'être emmenée par les habitants du village, avait chuchoté à l'oreille de Kai ce qu'elle avait vu dans sa vision ?

Du coin de l'œil, j'aperçus Kai claquer la portière avant.

– Oui, je m'en souviens, et alors ? Elle lui a dit quoi ?

– Plusieurs choses. Des phrases insensées sur des animaux enfermés, et puis ces mots : « La destination finale est le lieu des plus grandes douleurs. » J'ai passé des années à m'interroger sur le sens de ces mots. Mais c'est seulement quand je t'ai connue que j'ai compris. C'était l'endroit où se trouvait ta souffrance la plus profonde, c'est-à-dire...

– Là où est enterré mon frère, complétai-je.

J'étais perplexe. Il me manquait une pièce du puzzle dans cette histoire. Vik avait l'air trop détendu, comme si cette porte fantomatique était déjà ouverte, mais alors quel était mon rôle ?

Kai laissa tomber les clés de la Range Rover dans les graviers.

Elle ne leur serait plus d'aucune utilité.

Je marchai devant Kai et Viktor au milieu des tombes, tel un condamné qui parcourt le couloir de la mort escorté par deux gardiens de prison.

Quand nous atteignîmes la tombe de mon frère, je notai que la rose noire était encore là, intacte, comme le jour où le mystérieux homme l'y avait déposée.

La peluche Nemo était, elle, sale de terre et de pluie, à peine reconnaissable.

Je croisai les bras :

– Et maintenant qu'on est là ?

Vik ne répondit pas, trop occupé à regarder la tombe, sur le point de se perdre dans ses pensées. Kai fixait la pointe de ses chaussures, les lèvres serrées. L'air était tellement immobile que je percevais les moindres détails, comme mes cheveux qui chatouillaient mes épaules ou le bruit de ma salive quand je déglutissais.

Je sursautai. Viktor s'était approché de moi, sans faire crisser les graviers, et me scrutait avec un sourire encourageant.

– Maintenant, Jules, j'ai besoin de ton couteau.

J'observai quelques secondes son expression avant de me pencher pour retirer le couteau de ma chaussette. Ç'avait été mon fidèle compagnon de route pendant toute cette aventure absurde, je n'avais pas envie qu'il me le prenne. Du coin de l'œil, j'apercevais Kai, silencieux comme jamais, qui se dandinait, impatient. Vik, lui, étudiait mon couteau en se mordant la lèvre. Il fit sortir la lame.

– Je t'en ai parlé rapidement hier, ton sang est la clé. Quelques gouttes suffiront, ne t'inquiète pas.

– Suffiront à faire quoi ?

En voyant mon expression renfrognée, Vik m'embrassa sur le front.

– Moi aussi je suis tombé amoureux de la personne douce, sensible et surtout courageuse que tu es, murmura-t-il. Tu peux me faire confiance, Jules.

Mon cerveau me disait de ne pas lui tendre ma main, de ne pas lui offrir mon sang, parce qu'il s'en irait juste après. Mais j'étais allée jusque-là et, si les deux frères voulaient rentrer chez eux, essayer de les retenir n'avait aucun sens. J'avalai ma salive à grand-peine et, lentement, je posai ma main dans la sienne.

– Tu es plus forte que nous, Jules Quentin.

Vik m'embrassa sur la joue, tourna ma paume vers le haut et traça une petite incision le long de mon poignet avec le couteau.

Du sang dégoulina de la blessure, me causant une légère brulure de plus en plus intense.

– Encore un peu et tout sera terminé.

La voix de Vik était douce. Il retourna ma main vers le bas pour s'assurer que mon sang s'écoule plus vite.

Je jetai un œil autour de moi, m'attendant à voir une porte ou un portail apparaitre de nulle part. Le moment était-il vraiment venu ? Et si mon sang suffisait à ouvrir la porte, pourquoi avoir attendu tout ce temps ?

Pour la première fois ce jour-là, Kai me regarda. Je ne lui avais jamais vu un tel regard. Un mélange de tristesse et de colère.

– C'est plus que quelques gouttes. Ça suffit certainement.

J'avais les lèvres sèches et après une dizaine de secondes ainsi, ma tête tournait toujours plus vite.

Vik n'avait pourtant pas l'intention de me laisser partir.

– Vik…

J'essayai de garder les yeux ouverts. Je baissai la tête et vis qu'un petit lac rouge vermillon s'était formé devant la tombe. S'agissait-il vraiment de mon sang ? J'avais peur de perdre connaissance, mais Vik ne semblait pas s'en soucier.

– Ne t'en fais pas, Jules, c'est presque fini.

Il me caressait la nuque. Je m'effondrai contre son torse, à bout de force. Mon sang commençait à mouiller mes chaussures. Je ne compris pas tout de suite pourquoi sa main me lâcha soudainement.

Ma tête tournait tellement vite que j'eus juste le réflexe de m'accrocher à quelque chose.

Un violent *crac*.

Je haletai, rouvris les yeux et à travers ma vue brouillée, je découvris Vik allongé contre une pierre tombale brisée en deux, luttant pour se relever.

– Je ne peux pas te laisser faire ! Pas une deuxième fois ! cria Kai.

Même si ma vision était floue, je devinais ce qui s'était passé : Kai avait utilisé l'onde de choc de son sceptre pour envoyer valser Vik loin de moi. Mais Vik était déjà en train de se redresser, aucunement perturbé par l'attaque de son frère.

Pendant que j'utilisais mon autre main pour tamponner ma blessure au poignet, je vis Vik secouer les graviers collés à ses vêtements comme si de rien n'était et s'avancer vers moi.

– Je savais que tu réagirais ainsi. Tu es prévisible, petit frère. Tu es *faible*.

Mon esprit refusait de comprendre ce qui se passait. Je cherchais la douceur dans le regard de Vik, mais il n'y avait plus rien de ce que j'avais pris l'habitude d'y voir. Aucun signe d'amour, de tendresse, ni même de pitié.

Il faisait peur.

Kai bondit près de moi. Il contempla ma blessure comme pour constater les dégâts.

– Mmh.

Puis il se retourna vers Vik doucement.

– Peu m'importe de devoir te tailler en pièces, je ne la laisserai pas mourir.

Avant même qu'il finisse sa phrase, il frappa le sol de son bâton et une explosion bleue éclatante s'alluma à sa pointe, tourbillonna en l'air et se divisa en une armée de personnages de cendre monstrueux qui attaquèrent Vik. Sous les yeux de Kai, des cercles violets apparurent, on aurait dit que ce n'était pas lui qui contrôlait son pouvoir, mais que c'était ce dernier qui le possédait.

Je ne l'avais jamais vu se battre ainsi. Les formes irrégulières ressemblaient à des êtres humains sens dessus dessous : des bras à la place des jambes, et inversement – une bande de hyènes qui sautent sur un lion, chacune trop faible pour le blesser mais assez nombreuses pour le mettre à terre.

Kai n'attendait que cela : il me prit dans ses bras et s'élança au loin. J'avais perdu beaucoup de sang. Les vêtements de Kai étaient maintenant aussi maculés que les miens. Je ne savais pas combien de temps il me restait, mais l'écoulement de ma blessure ne tarissait pas.

Comme une flèche, Kai arriva au mur du cimetière, sauta par-dessus et se dirigea vers le bois. Il essayait de nous trouver une cachette.

– Kai…

– Tout ira bien.

Je détestais cette phrase. Dans les films, dès que quelqu'un disait que tout irait bien, un personnage y laissait la peau. Laisser la peau, comme s'ils muaient à la façon des serpents. J'eus envie de rire et Kai me regarda, préoccupé. Il devait s'être rendu compte que je délirais.

– Résiste, Jules.

Il me déposa délicatement au pied d'un chêne, puis dégagea mes cheveux de mon front et me regarda dans les yeux.

– Je ne sais pas combien de temps il nous reste avant qu'il nous trouve. Très peu, je le crains.

Il posa sa main sur mon poignet, que je retirai instinctivement, mais il l'attrapa avec force.

– Calme-toi, Jules, fais-moi confiance.

Pourquoi devrais-je lui faire confiance, après ce qui s'était passé ? Ma tête était légère, il me restait trop peu de sang pour qu'il irrigue mon cerveau et que je comprenne ce qui avait réellement lieu. Incapable de faire la part entre l'hallucination et la réalité, je regardais ma blessure qui se fermait millimètre après millimètre à mesure que Kai m'offrait son énergie vitale.

– Tu aurais besoin d'une transfusion, mais au moins tu ne vas pas mourir vidée de ton sang.

Il essaya de se relever mais ses jambes tremblaient et il dut s'agenouiller pour ne pas tomber. Je m'exclamai, inquiète :

– Tu vas bien ?

– Te soigner m'a demandé plus d'énergie que prévu.

La respiration haletante, il se laissa choir près de moi. Il appuya sa tête contre le tronc et ferma les yeux un instant.

Ses abdominaux étaient recouverts d'une sueur glacée, comme son front.

J'avais besoin d'eau et de sang. La bouche encore pâteuse, je réussis à dire :

– Il faut fuir.

– Fuir ne suffit pas. Vik peut se transformer en chien de chasse et nous débusquer en un instant.

– Alors, quoi ? On abandonne ?

Malgré ma voix faiblarde, j'attirai son attention.

Une étincelle d'orgueil s'alluma dans son regard, en bon rebelle qu'il était.

– Jules Quentin, je n'ai jamais baissé les bras de toute ma vie. Ne crois pas que je vais commencer maintenant. À vrai dire, j'ai un plan.

J'essayai de tourner la tête vers lui, mais c'était trop dur. Je sentais un fourmillement indescriptible aux mains et aux pieds et l'envie de me laisser aller au sommeil était irrésistible, mais je réussis à répondre :

– Quel plan ? Qu'est-ce qui se passe ?

– C'est simple. Tu t'es fait avoir. Autant par moi que par Vik. On t'a menti, parce qu'on avait besoin de toi.

En voyant mon expression confuse, Kai s'éclaircit la voix et me dit :

– Donne-moi ta main.

Lentement, je levai le bras. Je n'avais pas peur qu'il me blesse, je n'éprouvais plus rien. C'était comme si toutes mes émotions s'étaient éteintes.

Kai prit ma main entre les siennes.

– Tu vas voir des choses qui... J'ai du mal à les contrôler, et j'ai déjà utilisé toute mon énergie pour te soigner, donc ce que tu verras sera sans doute sombre, brouillé. Mais avant...

Kai farfouilla dans la poche gauche de son jean et en sortit un collier. Je mis quelques secondes à le reconnaitre et je faillis perdre connaissance en comprenant de quoi il s'agissait.

C'était le collier de perles que m'avait fait Luke à l'école. Celui qui avait disparu le jour où mon petit frère s'était fait rentrer dedans.

– ... je te demande pardon.

– Comment tu peux avoir ça ?

Kai ferma les yeux et prononça une suite de mots dans sa langue maternelle. Soudain, je ne percevais plus le bruissement des feuilles des arbres, le fourmillement dans mes membres, ou la sensation d'évanouissement.

Je n'étais plus dans le bois près du cimetière.

J'étais en enfer.

27

Glaçantes découvertes

Mes mains et mes jambes se désagrégeaient, devenaient cendre sans vraiment se dissoudre complètement. On aurait dit que j'étais transparente, pourtant je distinguais parfaitement ce qui m'entourait.

Je voyais Kai qui, poussé par une force invisible, était obligé de se prosterner devant son père. Puis l'image se dissipait et changeait, comme si on avançait dans le temps, et je voyais Vik attraper la main de son frère avant qu'il ne tombe dans l'oubli. La douleur, la rage, l'orgueil, tout était conforme au récit de Vik.

Mais l'image fut rapidement remplacée par une autre, et soudaine, je n'étais plus en enfer.

Je me trouvais dans une maison, petite mais chaleureuse, qui me transmettait une sensation de familiarité. Bien que je n'eusse jamais vu ce lieu, j'avais l'impression de le connaitre. Je vis un jeune homme se lever d'un amas de couvertures.

Kai.

Ses cheveux longs lui arrivaient au milieu du dos. Il était torse nu et paraissait encore plus maigre que d'ordinaire. Derrière lui, une fille se couvrait la poitrine avec un drap. Je compris immédiatement où je me trouvais : c'était le jour où Ophelia et Ector avaient été emprisonnés par la foule enragée. Vik m'avait tellement bien raconté cette scène que j'en connaissais tous les détails. Seulement, cette fois, je la voyais du point de vue de Kai.

– Kai, Ophelia ! Vous devez prendre Ector ! Vite, fuyez !

J'essayais de hurler, mais ma voix n'était qu'un murmure dans la mélodie du vent.

J'étais un fantôme.

Ophelia s'était levée pour déposer un baiser sur les cheveux noirs de Kai. J'éprouvai une sensation étrange, que je chassai immédiatement. Maintenant que je la voyais avec mes yeux et plus seulement à travers les mots de Vik, je me rendais compte que cette jeune femme n'était pas seulement d'une beauté désarmante, mais aussi d'une douceur infinie. Elle ne méritait pas la fin qui l'attendait. Personne ne le méritait. Je regardai par la petite fenêtre qui donnait sur le sentier boueux. Je ne repérais pas Vik, mais je savais qu'il s'était caché et les espionnait.

Ophelia s'était rhabillée, elle avait pris un bol et s'apprêtait à le remplir d'herbes. Je l'observai travailler, incapable d'intervenir d'une quelconque façon, jusqu'à ce qu'elle s'approche de Kai pour lui murmurer à l'oreille sa vision.

– Je vois cette fille tomber amoureuse de ton frère. Ensuite… je la vois morte.

Kai devint blême, moi aussi.

– Qu'est-ce que ça veut dire, que tu la vois morte ?

– Tu ne pourras rentrer chez toi que si elle meurt.

La voix d'Ophelia n'était plus qu'un murmure.

– Et comment je saurai que c'est elle ?

– Les visions ne disent jamais tout… La seule chose que j'ai vue est un animal prisonnier dans des mains en bois.

– Comment ça, des mains en bois ? Dis-moi autre chose.

Kai insistait, mais l'épisode fut remplacé par un autre. J'avais la tête qui tournait. Je réapparus au milieu du sentier qui menait à la maison d'Ophelia.

Le sol était piétiné par des dizaines de personnes, la foule qui l'avait capturée.

Kai était agenouillé au milieu de la terre, maculé de boue. Vik le contemplait de haut avec une dure expression de reproche.

– Faible. Tu devenais faible et je ne pouvais pas permettre qu'une femme nous détourne de notre véritable objectif. Je n'avais pas le choix. Tu comprends, n'est-ce pas ?

Mais quand Kai releva la tête pour regarder son frère aîné, je reconnus une seule émotion : de la haine à l'état pur.

– Je ne te pardonnerai jamais pour ce que tu as fait.

– Cette femme et cet enfant ne sont qu'un dommage collatéral. Tu me remercieras un jour. Maintenant, on doit trouver la fille et s'assurer qu'elle tombe amoureuse de moi.

J'avais envie de vomir. Je n'arrivais pas à croire à ce que je voyais, aux mots que j'entendais. Vik m'avait menti depuis le début. À la seconde où je l'avais rencontré, il avait feint d'être le contraire de ce qu'il était vraiment.

Je clignai des yeux et la boue avait disparu. Je me trouvais dans un lieu que je connaissais bien, parce que j'y avais passé toute mon enfance. Le parc de River Lake.

Kai était assis sur un banc. Il portait des vêtements similaires à ceux qu'il avait lors de notre rencontre. Entre les mains, une bouteille de vodka à moitié vide. Il parlait seul avec une voix pâteuse. C'était le matin et il était déjà soûl.

Une petite fille avec une longue tresse blonde s'approcha et Kai se tourna vers elle, agacé.

– Tu veux quoi ? Tu ne vois pas que je suis occupé ?

– Ça veut dire quoi « occupé » ?

Kai soupira devant les grands yeux curieux de la fillette, puis avala une autre gorgée.

– Ça veut dire que tu dois partir. Tu as compris ? Par-tir !

Il posa les mains sur le dos de la petite fille pour l'inviter à s'en aller, mais elle revint tout de suite vers lui.

– Tu ne me plais pas. Maman a dit que je ne devrais pas parler avec les gens que je ne connais pas.

– Ta mère a entièrement raison, donc arrête de me parler et disparais.

Mais l'enfant, qui ne suivait à l'évidence pas du tout les recommandations de sa mère, grimpa sur le banc et s'installa près de lui.

Kai fut sur le point de lui hurler de partir, puis fixa sa vodka d'un air mélancolique avant de l'envoyer dans la poubelle avec un tir parfait.

Quand la bouteille atterrit, les feuilles changèrent de couleur, d'abord jaunes puis rouge feu. Kai était toujours assis sur le banc, mais il avait cette fois les mains vides. Il n'eut même pas besoin de tourner la tête pour savoir que la petite fille était encore là et le regardait.

– Monsieur, bonjour.

Alors, il releva la tête et je lus dans son regard de la tendresse. Kai ne la détestait pas, au contraire : quand il se sentait plus « anormal » que d'habitude, il s'installait sur le banc et attendait que la fillette arrive dans les parages.

– Rentre chez toi, petite. Je n'ai pas envie de parler aujourd'hui.

Elle se mordit la lèvre.

– La maitresse a dit que quand on rencontre de nouveaux amis, il faut se présenter poliment. Tu ne veux pas savoir mon prénom ?

– On n'est pas amis.

– Parce qu'on ne connait pas encore nos prénoms ! Je m'appelle Jules.

Pourtant, je n'avais aucun souvenir de ce garçon aux cheveux longs et aux mauvaises manières assis sur un banc. Ce que je voyais était-il vrai ou était-ce juste l'imagination de Kai ?

– Et toi, tu t'appelles comment ? insistait l'enfant.

– Je m'appelle Occupe-toi-de-tes-affaires. Je te l'ai dit. Je n'ai pas envie de parler aujourd'hui.

Une grimace de déception apparut sur la bouche de la petite fille, les feuilles disparurent des branches. On était en hiver. Kai, assis sur le dossier du banc, repensait à la fillette. Il se sentait coupable de la façon dont il l'avait traitée, mais ce qui le contrariait encore plus, c'était que les siècles passés auprès des humains l'aient autant ramolli. Ce jour-là, il était prêt à lui dire qu'il partait et qu'ils ne se verraient plus, mais sa détermination s'envola quand il la vit arriver en larmes.

Quand il *me* vit arriver en larmes.

Je me souvenais de ce bonnet en laine à pompon blanc, preuve que les souvenirs de Kai étaient réels.

– Encore toi. Qu'est-ce que tu as, aujourd'hui ?

La petite moi indiqua avec son index potelé un point au loin. Elle renifla.

– Mon ballon.

Kai soupira, excédé, puis répondit :

– Voilà ce qu'on va faire. Je récupère ton stupide ballon et tu ne me verras plus jamais. Marché conclu ?

– Ça veut dire quoi « conclu » ?

Kai sauta du banc, déjà ennuyé par cette conversation qui ne menait nulle part.

– Laisse tomber. Où est ton ballon ?

Quand je vis la petite version de moi tendre la main à Kai, j'en eus le cœur brisé. Il la regarda comme si c'était une lame de rasoir, mais accepta de la serrer. Pauvre Kai, compris-je, il voyait Ector en moi.

Je les suivis entre les parterres de fleurs du parc jusqu'à un arbre. Entre les branches, on apercevait la tache orange du ballon, coincé.

– Il est là !

– Il a fini sa course bien…

La voix de Kai se brisa. Il s'immobilisa et fixa le ballon comme si c'était la chose la plus importante au monde.

– C'est un chat !

En effet, le ballon coincé entre les branches avait la forme d'un chat, et je finis par comprendre. Un animal coincé par des doigts en bois. La vision d'Ophelia.

Kai fixait la petite Jules avec des yeux exorbités, comme s'il ne la reconnaissait plus. Il ne trouvait pas ses mots.

Après tant d'années passées à la chercher, Kai avait trouvé la fille de la prophétie, et c'était moi. Ce jour-là, cependant, il décida de ne rien dire à Viktor. Après ce qui était arrivé à Ector, il avait trop peur des réactions de son frère. Alors il attendit. Il savait que la petite Jules était la bonne et qu'il fallait la surveiller de près, car la vision d'Ophelia avait été claire : la fillette serait morte avant de pouvoir les aider.

– Kai…

Du fond de cette étrange vision, j'espérais qu'il pourrait m'entendre et me guider. Des centaines d'autres scènes défilèrent devant mes yeux à la vitesse de la lumière : moi à neuf ans qui soufflais mes bougies ; moi à onze ans qui apprenais à faire du vélo, et à quinze ans quand j'embrassais pour la première fois un garçon. Moi qui tenais Luke dans mes bras pour la première fois. Kai avait assisté à chacun de ces moments, toujours dans l'ombre, caché derrière un arbre ou se fondant dans l'obscurité de la nuit pour vérifier qu'il ne m'arrivait rien de mal. Souvent, il avait surveillé de loin la petite fille qui pédalait jusqu'au banc à la recherche de son mystérieux ami aux cheveux longs, sans jamais plus le trouver. À mesure qu'elle grandissait, elle avait oublié cet étrange adolescent qui l'avait aidée à récupérer son précieux ballon, et l'existence même du banc s'était effacée de sa mémoire. Les images ralentirent.

Kai était tapi derrière un lampadaire. Une jeune femme marchait en tenant son petit frère par la main. Ils rentraient chez eux. Elle était penchée sur son téléphone pour écrire un message, lui regardait partout pour combler son immense curiosité. Il n'y avait pas de doute.

C'était le jour où mon frère était mort.

Luke se tourna vers moi, mais j'étais transparente. Il regardait Kai, qui ne s'était pas assez bien fondu dans le décor ce jour-là et qui recula précipitamment pour se cacher.

– Jules, regarde ! C'est le monsieur qui nous espionne toujours de loin !

Mon frère me tirait par la manche. Il voulait que je le voie moi aussi, mais je ne lui prêtai pas attention, trop occupée à finir mon message. Alors Luke lâcha ma main et se mit à courir vers Kai en traversant la rue. Je le vis partir comme une fusée et courus après lui. Je ne pensai que trop tard à regarder si quelqu'un arrivait : une voiture fonçait dans sa direction. Le conducteur essaya de freiner, mais trop tard : il allait nous percuter tous les deux.

Kai avait déjà bondi pour nous attraper et nous mettre en sécurité, mais Luke et moi étions trop loin l'un de l'autre et il devait choisir. La dernière chose que je vis avant de revenir dans le présent était Kai qui me rejoignait d'un bond et me soulevait pour m'éviter l'impact de la voiture. Il me lança sur le trottoir et sauta désespérément pour protéger Luke.

Il ne réussit qu'à attraper un collier coloré.

28

La rose noire

Quand je revins à moi, j'étais submergée par tellement d'émotions que je craignis de suffoquer. Mes yeux me brulaient et j'avais la gorge nouée par une sensation intolérable de nausée, de doigts noueux qui m'étranglaient. Pourtant, ce n'étaient pas des monstres, des ombres ou des démons, mais une terrible prise de conscience.

Viktor avait appelé le groupe d'hommes qui avait tué Ophelia et son fils.

Chacune de ses caresses, chaque baiser, chaque mot rassurant avaient pour seul but de me faire tomber amoureuse pour réaliser cette maudite prophétie. Tout ce que Vik avait fait, il l'avait fait en sachant qu'à la fin, il m'aurait vidée de mon sang comme un animal à l'abattoir pour pouvoir rentrer chez lui.

Kai m'avait sauvé la vie, mais il avait aussi provoqué, bien qu'involontairement, la mort de mon frère.

J'avais vécu dans un tissu de mensonges.

Je serrai le collier entre mes doigts.

C'était trop pour moi.

Kai libéra mes mains.

Il avait les yeux injectés de sang et l'expression déboussolée de quelqu'un qui vient de commettre un geste irréparable.

– Kai, écoute… La mort de Luke était un accident.

– Je sais. Mais pas un jour ne passe sans que je me demande si j'aurais pu vous sauver tous les deux.

Pour la première fois depuis que je le connaissais, il me sembla extrêmement fragile. Humain.

– Et moi, si je pouvais remonter le temps, je me dis que je n'aurais même pas sorti mon stupide téléphone de mon sac. Ça ne sert à rien de ressasser le passé. Il faut qu'on parle de Vik.

Même si je ne savais pas ce que nous pourrions faire pour l'arrêter.

– Je suis désolé, je suis désolé de ne pas t'avoir sauvée plus tôt des griffes de mon frère. Quand il a découvert que je t'avais trouvée, je n'ai plus réussi à te protéger. J'espérais seulement que…

– Que quoi ?

Il se passa une main sur son front en sueur, comme si continuer de parler lui coutait une énergie énorme.

– J'espérais que tu ne t'éprendrais pas de lui. Pour que la prophétie ne se réalise pas.

Malheureusement, j'étais tombée en plein dans le panneau. J'étais tellement stupide ! Je n'avais pas réussi à voir plus loin que les mensonges et les tromperies, non, j'étais tombée amoureuse de ce monstre blond et maintenant la prophétie était sur le point de devenir réalité. Je serrai le collier dans ma main et repensai au jour de l'enterrement de mon frère. À la personne qui avait posé la rose noire qui ne fanait jamais sur sa tombe.

– C'est toi qui as déposé la rose noire, pas vrai ? Ç'a toujours été toi. C'était toi, le passionné de livres, pas Viktor. J'aurais dû le comprendre quand tu as cité Russell le jour où je t'ai rencontré.

– Exact. Tu as enfin compris, mais c'est trop tard.

Ce n'était pas la voix de Kai, mais celle de son frère. Viktor nous avait trouvés. Ses vêtements étaient déchirés, ses cheveux ébouriffés formaient une crinière autour de sa tête et son regard étincelait comme celui d'un lion féroce. Il ne restait rien du Vik que je connaissais.

Kai se leva avec une grimace de douleur et se plaça devant moi.

– Tu en as mis du temps, frérot.

– Si tu ne voulais pas perdre de temps, tu pouvais éviter de t'enfuir.

Kai me lança un regard vide et se rapprocha de son frère aîné.

– Tu as raison, j'ai cédé à un moment de faiblesse, mais je me suis repris. On est trop proches de la victoire pour s'arrêter. Je suis désolé pour Jules, mais c'est ainsi. Viens, on retourne au cimetière.

Le ton calme et maitrisé de Kai me laissa sans voix : on aurait dit une autre personne. Comment pouvait-il me faire ça, après s'être confié à moi ?

Vik souriait, satisfait.

– Je savais qu'à la fin tu comprendrais, petit frère.

Il m'obligea à me lever en me tirant par les poignets. Même si ma blessure s'était refermée, la petite cicatrice s'enflamma quand il appuya dessus.

Kai ne bougea pas un muscle, et suivit son frère qui me portait à travers le bois, jusqu'au mur d'enceinte. Ils l'escaladèrent avec facilité et marchèrent droit vers la tombe de Luke. Mon sang était encore là, un lac qui fit grandir la boule dans ma gorge : j'allais mourir.

Vik lâcha brutalement mon poignet et me fit tomber dans l'herbe maculée de rouge. Puis il tendit le couteau à Kai.

– À toi l'honneur, petit frère.

Kai observa la lame, puis moi et, après ce qui sembla une éternité, il l'accepta et la serra délicatement entre ses doigts. Il s'accroupit près de moi et approcha la bouche de mon oreille.

– Ça va faire un peu mal. Pardonne-moi.

Son épaule se contracta et je ressentis une douleur atroce au niveau du ventre. La lame froide pénétrait la chaleur de mes viscères, ma peau se refermait autour du couteau comme dans un baiser. J'étais déjà terriblement affaiblie, combien de temps me restait-il avant que je ne me vide complètement de mon sang ?

Je sentis une larme rouler sur ma joue, pourtant je n'avais pas l'impression de pleurer.

J'étais fatiguée, tellement fatiguée. La vie me quittait petit à petit. Ma vue s'obscurcissait de plus en plus. J'avais froid, mais je n'avais pas peur. J'étais bien trop épuisée pour cela.

Mon destin m'avait menée à ce moment.

Les ombres obtenaient ce qu'elles voulaient.

Quelques secondes plus tard, mon cœur cessa de battre.

– Où suis-je ?

– Peu importe. Ce n'est pas important. Pas pour l'instant, du moins.

– Qui êtes-vous ?

– Tu poses beaucoup de questions, ma chère. Ce n'est pas utile que tu le saches. Pas pour l'instant, du moins.

– Vous l'avez déjà dit.

– Je sais, je répète souvent la même chose. Après tout, je dis les mêmes choses depuis des millions d'années.

– Je me sens bizarre. Comme si je ne faisais pas partie de ce monde.

– J'imagine, ma chère, parce que c'est bien le cas. Tu n'appartiens pas à ce monde et ce monde ne t'appartient pas. Pas pour l'instant, du moins.

– J'ai l'impression que je m'en vais.

– En réalité, tu es en train de revenir. Mais quelque chose me dit qu'on se reverra bientôt. Très bientôt.

Mon cœur, d'un coup, recommença à battre.

Ma vision s'éclaircit.

La douleur dans mon ventre avait disparu.

Le sang recommençait à circuler dans mes veines.

L'air entrait dans mes poumons et redonnait de la vigueur à mon corps.

J'étais encore là, au cimetière. Mes cheveux et mes vêtements étaient imprégnés de sang.

Sous mes épaules, je sentais le sol irrégulier. Le couteau était un peu plus loin, par terre, dans un mélange d'herbe, de graviers et de sang.

J'étais en vie.

Je levai la tête et vis Vik, inconscient, étendu sur une tombe. Il avait des griffures au visage et sa tête retombait sans force sur son torse, mais il respirait. Derrière lui s'élevait le vieux saule pleureur du cimetière, plié en deux comme s'il avait été frappé par la foudre.

Kai se tenait près de moi, mais je mis quelques secondes à le reconnaitre : il avait les joues creusées et ses yeux avaient perdu leur éclat. Sa peau était aussi distendue que celle d'un vieillard et il semblait avoir perdu quinze kilos.

– Résiste, Jules. Encore quelques minutes et tu auras complètement guéri.

Sa main serrait fort la mienne. Je compris qu'il me donnait toute son énergie et que, pour me sauver la vie, il m'offrait la sienne. Il se sacrifiait pour moi, et je ne pouvais pas le laisser faire.

J'essayai de retirer sa main mais, malgré son aspect émacié, il avait encore la force de ne pas abandonner sa prise.

– Laisse-moi, je ne veux pas que tu…

– On ne peut pas revenir en arrière, m'interrompit-il. Pendant que tu étais partie, j'ai utilisé tous mes pouvoirs pour détruire mon frère. Je ne pense pas qu'il soit mort mais, sans moi, tu ne lui seras plus d'aucune utilité. On doit être deux pour anéantir mon père. Il ne pourra rien faire tout seul.

Je vis le sceptre avec la harpie gisant sur l'herbe. Il était cassé en deux et le métal semblait avoir perdu de sa brillance.

– Laisse ma main, s'il te plait. Tu ne dois pas mourir pour moi. Je… Je suis prête.

Je n'arrivais pas à arrêter de sangloter.

Pendant tout ce temps… j'avais tout faux.

C'était Kai.

Ça avait toujours été Kai. J'étais juste trop aveugle pour m'en rendre compte, et maintenant je n'arrivais pas à m'arrêter de pleurer. Pour la première fois, il me fixait d'un regard serein.

– Écoute-moi bien, Jules Quentin. Toute ma vie, j'ai été un monstre. Une abomination de la nature. Le fils du plus grand mal qui existe au monde. Le jour où tu t'es assise à côté de moi sur ce banc, j'ai compris que je pouvais être une personne meilleure. Un être humain.

Je lui serrai la main.

– Kai, je…

– Laisse-moi finir. Tu m'as sauvé, et maintenant c'est à mon tour de te sauver. Je n'avais jamais ressenti l'amour dans ma vie. Le moment qui s'en approche le plus a été quand Ector m'a appelé papa par erreur. Mais avec toi… avec toi, je crois que je peux finalement en être digne.

Il laissa ma main et s'effondra. Je rassemblai mes forces pour m'assoir et l'enlaçai, mais il était tellement léger que j'avais peur de le briser comme une brindille sèche. Je caressai ses cheveux, ses joues, sa bouche, je le tins contre moi, mais c'était inutile. Ses lèvres tremblaient de douleur et son torse se soulevait et s'abaissait lentement. De plus en plus lentement.

Une larme de sang s'écoula du coin de son œil jusqu'à ma main. Quand elle se perdit dans les plis de ma paume, il ne respirait déjà plus.

C'est ainsi que, encore une fois, Kai me sauva la vie.

D’abord un pétale.

Puis un autre, et encore un autre.

Depuis que son cœur avait cessé de battre, la rose noire avait commencé à faner.

Et moi avec elle.

Épilogue

– Tu veux du thé, *petite fille* ?

– Non, je vous remercie.

– Je te vois… mal en point. Depuis quand ne t'es-tu pas reposée convenablement ?

– Depuis bien trop longtemps, à l'évidence. Est-ce qu'on peut se concentrer sur ma question, s'il vous plait ?

– Je t'avais prévenue, mon enfant. Le diable est un menteur, et ses fils… Qu'en est-il de l'autre frère ?

Madame Bijoux semblait réellement intéressée par la réponse. Curieuse, elle attendait que je lui raconte les derniers évènements.

Elle se pencha pour prendre sa tasse, but une petite gorgée de thé, puis se renfonça confortablement dans son fauteuil poussiéreux.

– Raconte-moi.

Parler de Viktor me donnait la nausée, mais j'inspirai profondément et me forçai à le faire.

– Après que Kai… Après ce qui s'est passé, j'ai pris la rose noire de la tombe de Luke. Au moment exact où le cœur de Kai a cessé de battre, la rose a commencé à perdre ses pétales. Tous les mois, un pétale tombe, à la même date et à l'heure exacte où Kai est mort. Il y a bien un sens à tout ça, non ?

Madame Bijoux me fixait, impassible. Elle avait remarqué que je n'avais pas encore répondu à sa question.

Je soupirai, résignée.

– Après avoir ramassé la rose, quand j'ai regardé de nouveau vers la tombe où j'avais vu Viktor inconscient, il avait disparu. La peur qu'il vienne finir ce qu'il a commencé me tient éveillée toutes les nuits. Mais le jour, c'est comme si… comme s'il n'avait jamais existé. Et les ombres ont arrêté de me poursuivre.

Madame Bijoux, cette fois, semblait satisfaite de ma réponse.

– Très bien, *petite fille*. Et donc, si j'ai bien compris ton histoire, tu voudrais… retrouver ton fiancé mort, c'est ça ?

Je rougis.

– Ce n'est pas mon fiancé.

– Et c'est ce qui te pose problème ? Pas de devoir le faire revenir de l'enfer ?

– C'est possible ?

Madame Bijoux allongea le bras vers sa tasse et vida son thé d'un seul trait. Elle arborait l'expression de quelqu'un qui essaye de se rappeler le nom d'une vieille connaissance.

– Tu peux le retrouver. Puisque c'est un être non humain, son âme ne sera pas allée au-delà du monde des morts. Mais tu dois savoir une chose, *petite fille* : il n'y a aucun moyen de revenir de ce monde.

La vieille femme s'attendait sûrement à une réaction de trouble ou de désespoir de ma part. Au contraire, je me levai satisfaite de son divan rouge, comme si j'avais reçu une merveilleuse nouvelle.

– Tu n'as pas l'air d'avoir bien compris, reprit la sorcière en me suivant du regard.

– Avec tout le respect que je vous dois, madame, Kai m'a sauvé la vie. Plusieurs fois. Si je dois aller en enfer pour le ramener avec moi, même le diable en personne ne pourra m'arrêter.

– Si c'est le cas... voici un petit indice pour te mettre sur la bonne voie.

Madame Bijoux se versa une autre demi-tasse de thé.

– Un petit indice en échange de ton vrai nom. Ophelia est un beau prénom, mais il ne te correspond pas. Marché conclu ?

Je la regardai dans les yeux, et elle me répondit par un sourire en biais, dévoilant ses dents jaunes.

Peut-être, pensai-je, que Vik avait menti sur elle aussi, et que je ne risquais rien en lui dévoilant mon nom. Après tout, elle ne semblait pas si mauvaise.

– Je m'appelle Jules.

Elle applaudit, enthousiaste.

– Merveilleux ! Alors, Jules, ton unique espoir s'appelle Oliver. Retiens bien son nom. C'est lui qui te trouvera, s'il t'en estime digne.

– Et ? Qu'est-ce que je devrai lui dire, quand je le rencontrerai ?

– Je t'ai donné un nom en échange d'un nom, c'est à toi de découvrir le reste. Tu es bien plus courageuse que ce que je pensais, *petite fille*... Que le diable soit avec toi.

Je sortis de la maison et serrai les trois pétales tombés que je gardais dans ma poche.

Qui pouvait bien être l'Oliver dont m'avait parlé Madame Bijoux ? Que devais-je faire pour me montrer digne ?

Trop de questions tourbillonnaient dans ma tête, mais je n'avais qu'un seul objectif.

– Attends-moi, Kai. Je viens te chercher.

Le mot de l'autrice

Jules, Vik et Kai (ainsi que le malheureux Gabriel) ont fait partie de ma famille pendant plus d'un an, et vivre cette aventure avec eux m'a fait rêver, pleurer, rire.

Ce fut un livre complexe et merveilleux à écrire, qui m'a beaucoup appris.

J'espère que cette histoire vous aura passionnés autant que moi, parce qu'il y a encore beaucoup de questions qui attendent une réponse.

Qui est ce mystérieux Oliver ?

Comment Jules retrouvera-t-elle Kai ?

Qu'est devenu Viktor ?

L'aventure de Jules n'est pas encore terminée, bien au contraire, elle ne fait que commencer.

Si vous avez une théorie sur la réponse à ces questions ou des espoirs sur le destin de nos personnages, écrivez à redtearsfanmail@gmail.com.

Je serai ravie de vous lire.

À bientôt,
Eleonora

Remerciements

Les remerciements. Pour moi, il s'agit toujours d'un moment délicat, parce qu'il y a des centaines de personnes que j'aimerais remercier, mais les faire rentrer dans cette misérable page est presque impossible.

Tout d'abord, un énorme merci à toute l'équipe des éditions Fabbri qui, pour la cinquième fois, a cru en moi et m'a soutenue.

Merci à mes deux Roberta préférées, Roberta Ferrari et Roberta Famà, qui ce jour-là à Milan, assises à une table autour d'un verre, ont patiemment écouté mes idées pour cette histoire et ont décidé de se lancer avec moi dans cette aventure. Je vous aime.

Merci à Simone Laudiero, qui pendant un an a relu chacune des lignes que j'écrivais sans jamais me juger ou attendre quoi que ce soit de moi, mais qui m'a gentiment donné de précieux conseils et m'a aidée à donner vie aux personnages de ce livre.

Merci à ma mère, qui a relu mon livre plusieurs fois au cours de son écriture, en m'indiquant les passages à retravailler ou à approfondir, je lui dois beaucoup.

Merci à mon grand-père, qui jamais, pas même une fraction de seconde, n'a cessé de croire en moi.

Et enfin, Nicholas, sans qui ce livre aurait été complètement différent, je n'oublierai jamais toutes nos soirées de brainstorming passées à analyser cette histoire.

Merci à vous, également, qui êtes en train de lire ces mots, ce qui signifie que vous êtes arrivés à la fin de notre histoire.

Mais ne vous inquiétez pas...

Tout commencement a une fin, et toute fin a un commencement.

Je vous aime.

Cet ouvrage a été mis en pages
par Nord Compo à Villeneuve-d'Ascq

Imprimé en Italie par Grafica Veneta
en avril 2024
pour le compte des Éditions Bayard